AF221853

Christoph Martin Wieland
Sendschreiben an einen jungen Dichter

Christoph Martin Wieland
Sendschreiben an einen jungen Dichter

1.Aufl.
Taschenbuch – Literatur - Klassiker
Herausgeber Frank Weber, Marburg
Bibliografische Information der Deutschen Nationalbibliothek:
Die Deutsche Nationalbibliothek verzeichnet diese Publikation in der Deutschen
Nationalbibliografie; detaillierte bibliografische Daten sind im Internet abrufbar über
http://dnb.dnb.de
© 2021 Christoph Martin Wieland
ISBN: 9783753463773
Herstellung und Verlag: BoD – Books on Demand, Norderstedt

Inhalt

Christoph Martin Wieland

Sendschreiben an einen jungen Dichter

Geschrieben im Jahre 1782

Nun wohlan denn, mein junger Freund! niemand kann seinem Schicksal entrinnen; und wenn auch Sie zum Lorbeerkranz und dunkeln Kämmerchen des göttlichen Tasso, oder zum Spital und Nachruhm des Portugiesen Camoens bestimmt sind, kann ich schwacher Sterblicher es verhindern?

Ich habe Ihre Beichte gehört, und den ganzen Fall wohl erwogen. Ihr innerer Beruf scheint in der Tat keinem Zweifel unterworfen zu sein.

Eine so scharfe Stimmung aller äußern und innern Sinne, daß der leiseste Hauch der Natur das ganze Organ der Seele, gleich einer Äolsharfe, harmonisch ertönen macht, und jede Empfindung die Melodie des Objekts, wie das schönste Echo, im reinsten Einklang, verschönert zurück gibt, und, so wie sie stufenweise verhallt, immer lieblicher wird.

Ein Gedächtnis, worin nichts verloren geht, aber alles sich unmerklich zu jener feinen, bildsamen, halb geistigen Masse amalgamiert, woraus die Phantasie ihre eigenen neuen Zauberschöpfungen hervor haucht.

Eine Einbildungskraft, die durch einen unfreiwilligen innern Trieb alles Einzelne idealisiert, alles Abstrakte in bestimmte Formen kleidet, und unvermerkt dem bloßen Zeichen immer die Sache selbst oder ein ähnliches Bild unterschiebt; kurz, die alles Geistige verkörpert, alles Materielle zu Geist reinigt und veredelt.

Eine zarte und warme, von jedem Anhauch auflodernde Seele, ganz Nerv, Empfindung und Mitgefühl, die sich nichts totes, nichts fühlloses in der Natur denken kann, sondern immer bereit ist, ihren Überschwang von Leben, Gefühl und Leidenschaft allen Dingen um sich her mitzuteilen; immer mit der behendesten Leichtigkeit andre in sich, und sich in andre verwandelt.

Eine von der ersten Jugend an erklärte, sich nie verleugnende leidenschaftliche Liebe zum Wunderbaren, Schönen und Erhabenen in der physischen und moralischen Welt.

Ein Herz, das bei jeder edlen Tat hoch empor schlägt, vor jeder schlechten, feigherzigen, gefühllosen, mit Abscheu zurück schaudert.

Zu allem diesem, bei dem heitersten Sinne und leichtesten Blut, ein angebornen Hang zum Nachsinnen, zum Forschen in sich selbst, zum Verfolgen seiner Gedanken, zum Schwärmen in der Ideenwelt – und, bei der geselligsten Gemütsart und der zärtlichsten Lebhaftigkeit der sympathetischen Neigungen, eine immer vorschlagende Liebe zur Einsamkeit, zur Stille der Wälder, zu allem was die Ruhe der Sinne befördert, allem was die Seele von den Gewichten erleichtert, wodurch sie in ihrem eigentümlichen freien Fluge gehemmt wird, oder was sie von den Zerstreuungen befreit, die ihr inneres Geschäft stören.

Freilich, wenn dies alles nicht natürliche Anlage zu einem künftigen Dichter ist, nicht hinreicht einem Jüngling Sicherheit zu geben, daß es (mit dem Philosophen der Dichter zu reden) die Musen selbst seien, die ihm die schöne Raserei zugeschickt, die er eben so wenig, als Virgils Cumäische Sybille den prophetischen Gott, von sich schütteln kann –

Sei'n Sie ruhig, mein Freund! Ich erkenne und ehre den unauslöschlichen Charakter, wodurch die Natur Sie zum Priester der Musen geweiht hat: und da es, nach dem göttlichen Plato, bloß darauf ankommt, daß die Musenwut[1], um die schönsten Wirkungen zu tun, eine zarte und ungefärbte Seele[2] ergreife; so müßte ich mich sehr an Ihnen irren, oder Sie werden der Theorie unsers Philosophen Ehre machen.

Ich möchte es eben nicht für ein untrügliches Kennzeichen eines echten innern Berufs annehmen; aber wenigstens pflegt sich fast immer bei künftigen Virtuosen, bei Dichtern, Malern usw. von der ersten Jugend an ein beinahe unwiderstehlicher Trieb zu der Kunst, in welcher sie vortrefflich zu werden bestimmt sind, zu äußern – und auch dieses Zeichen der Erwählung findet sich an Ihnen, mein junger Freund.

»Ich kann mich, (sagen Sie mir) so weit ich in meine ersten Lebensjahre zurück zu sehen vermag, keiner Zeit erinnern, wo ich nicht Verse gemacht hätte. Die angeborne Empfindlichkeit meines Ohrs für die Musik schöner Verse – die Wollust, in welcher ich schwamm, wenn ich mir schon als Knabe gewisse vorzüglich schön versifizierte Stellen in alten oder neuern Dichtern, besonders in der Aeneis und in Horazens Oden, laut vordeklamierte – das häufige

---

[1] η απο Μουσων μανια

[2] ψυχην απαλην και αβαπτον

Wiederholen und Verweilen bei solchen Stellen, an denen sich, auch wenn ich sie still las, ich weiß nicht welch ein inwendiges geistiges Ohr, womit mich die Natur beschenkt hat, wie am verhallenden Nachklange des Gesanges der Musen, weidete – alles dies kam bei mir dem Unterrichte zuvor: und so fand sichs, daß ich alle Arten von Versen machte und eine Menge von Regeln beobachtete, eh ich den mindesten gelehrten Begriff von Prosodie, Rhythmus, poetischem Numerus, nachahmender Harmonie, und dergleichen hatte. Nichts glich meiner Liebe zu den Dichtern als die Leichtigkeit womit ich sie verstand, das Interesse, das sie mir einflößten, und die beinahe ekstatische Entzückung, in welcher ich Stunden lang im Genuß einer vorzüglich schönen Stelle, und in den Visionen, die dadurch in meiner Seele veranlaßt wurden, verharrete. Über meinem Virgil, Haller, Milton, und Klopstocks ersten fünf Gesängen, vergaß ich Essen und Trinken, Spiel, Schlaf, mich selbst und die ganze Welt. – Ich erfuhr zwar von früher Jugend an, von Seiten derer, denen meine Erziehung von natürlicher oder bezahlter Pflicht wegen oblag, den nämlichen Widerstand, womit Ovid, Ariost, Tasso, Marino, und so viele andre berühmte Dichter zu kämpfen hatten. Aber die stärkere Natur siegte, und der Genius oder Kobold (wie Sie ihn lieber nennen wollen) der mich besaß, wollte sich weder in gutem noch bösem austreiben lassen. Wenn ich auch keine Verse machte, meine musenfeindlichen Aufseher hatten damit wenig gewonnen. Alle Ideen und Kenntnisse, womit sie meine Seele voll zu stopfen beflissen waren, fielen entweder wieder durch, oder verwandelten sich in poetischen Stoff. Was ich nur trieb, Metaphysik, Moral, Naturlehre, Geschichte, Politik, alles wurde in mir zu Epopee und Drama; und während uns der Lehrer mit der Miene eines Mystagogen die Leibnizische Monadologie erklärte, entwickelte sich in meiner Einbildungskraft der Plan eines Gedichts über den Ursprung der Venus aus Meerschaum; oder ich ließ die Bildsäule Pygmalions sich vor meinen Augen beleben, oder erklärte mir, wie das große Principium der Orphischen Kosmogonie, die Liebe, gleich der Leier Amphions, durch ihre Anziehungskraft die Elemente in eine Welt habe zusammen fügen können. –«

Was kann ich Ihnen, mein Lieber, gegen Tatsachen von dieser Stärke einwenden? – Ich glaube meine eigene Geschichte zu hören. Alles dies war, von Wort zu Wort, vor fünfunddreißig Jahren mein eigner Fall: und wenn ich Sie, nach so deutlichen Fingerzeigen der Natur, gleichwohl noch am diesseitigen Ufer des gefährlichen Rubikon aufhalten möchte; so habe ich wenigstens ganz andre Ursachen dazu, als Mißtrauen in Ihre Anlage und Fähigkeiten.

Schon die ersten Blumen des fruchtbaren Bodens, der Ihnen zu Teil geworden ist, so bescheiden Sie selbst davon denken, würden hinlänglich sein, mir von Ihnen die schönsten Hoffnungen zu machen; und um so gewissere, eben darum weil Sie, bei einem so entschiedenen Naturberuf und so vielen Vorübungen und Studien von mehrern Jahren, noch immer so wenig mit Ihren eignen Produkten zufrieden sind, und durch einen Beifall, den Sie zu verdienen sich nicht bereden können, beinahe eben so sehr beleidigt werden als andre durch den gerechtesten Tadel. Ich kenne kein entscheidendres Merkmal eines wahren Talents als – diese Schwierigkeit sich selbst ein Genüge zu tun; dieses unermüdete Höherstreben; diese unaffektierte Verachtung dessen, was man schon ist, gegen das, was man noch werden zu können sich getraut; und dieses feine Gefühl für die Schönheiten in den Werken andrer, und für die Mängel in seinen eigenen: – Eigenschaften, die ich so oft an Ihnen wahrzunehmen Gelegenheit habe, und die bei jungen und alten Dichtern so selten sind.

Staunen Sie mich immer an so viel Sie wollen, mein Lieber! Aber gerade meine so wohl begründete Überzeugung, daß Mutter Natur wirklich die Absicht hatte einen Dichter aus Ihnen zu machen, und daß Sie, wenn Sie sich Ihrem Hang überlassen, ganz Dichter und also für alle andre Lebensarten verloren sein werden, gerade dies ists, was mich für Sie zittern macht. Unglücklicher Weise hat die gute Mutter an alles, nur nicht an den einzigen großen Punkt gedacht, daß Plutus zu ihrem Plan hätte beigezogen werden müssen. Wie konnte sie vergessen, daß die Dichter, so wenig als die Paradiesvögel, von Blumendüften leben können; und daß gerade der Mann, dem alle Elementargeister zu Gebote stehen, und dem es nur einen Federzug kostet um die herrlichste Zaubertafel aus der Erde hervor steigen zu lassen, unter allen Menschen in der Welt dem Hungersterben am nächsten ist, wenn nicht zufälliger Weise irgend ein mitleidiger Genius (auf den übrigens nie zu rechnen ist) besser für ihn gesorgt hat, als die Natur, die Musen – und er selbst?

Ein andres wäre, wenn Sie die Miene hätten, dem weisen Rate zu folgen, den Herr Klinggut seinem Freunde gibt[3], die Poeterei (mit der es, wie er meint, doch immer in allem Betracht eine unsichre Sache ist) bloß als Nebenwerk neben einem einträglichen Amte oder einer andern ehrbaren gelehrten oder bürgerlichen Nahrung zu treiben.

»Ruft dich dann einmal«, sagt Herr Klinggut,
»ein schöner Tag in deinen Garten,
Dein Kaffee und die Vögel warten,
Nebst deinen Blumen schon auf dich;
Du wirst entzückt, du fragst dich inniglich,
Du kennst schon die Natur und sie kennt dich,
Und eh du's merkst, macht sie dich selbst zum Dichter.
Ruft dann die Curie als richter,
Dein Amt, dein Haus, dein Freund, nichts auf der Welt dich ab.
So eil und kauf in vollem Trab,
Hol dir ein blatt Ppier und schriebe,
Von keinem besren Zeitvertreibe
Gereizt, den ganzen langen Tag,
Und schicks nach Dessau in Verlag. «

Das ist doch eine Art sich mit der Natur und den Musen auf einen Fuß zu setzen, wobei man noch ziemlich leidlich wegkommt! Aber die Verse, die man so nach Dessau in Verlag schickt, sind denn freilich auch darnach; und man muß gestehen, daß die Dichter vom engern Ausschusse sich gewöhnlich anders dazu angeschickt haben. Wer nur alsdann Verse macht, wenn er sonst auf der Gotteswelt nichts zu tun weiß, wird gerade so ein Dichter sein, wie einer, der sich nur in verlornen Stunden mit Malerei abgeben wollte, ein Raffael sein würde. Was ich Ihnen hier sage bleibt unter uns. Bewahren mich die Grazien, daß ich die Herren, die ihre verlornen Stunden so gut zu benutzen wissen, in ihrem Zeitvertreibe beeinträchtigen wollte! – Genug, Sie, mein junger Freund, sind, zu Ihrem Glück oder Unglück, keiner von dieser Kategorie. Ihre Liebe zur Muse ist eine ernsthafte Leidenschaft, die das Schicksal Ihres Lebens entscheiden wird.
Sie werden überall, in allen Vorfallenheiten, Verhältnissen, Geschäften, Händeln, Leiden und Freuden Ihres Erdewallens, Dichter

---

[3] S. dessen Episteln. Erstes Heft. S. 22 u. f.

sein; immer denken, fühlen, reden, handeln, wie nur ein Dichter denkt, fühlt, spricht und handelt: und, wenn Sie auch zehn Jahre hinter einander keinen einzigen Vers gemacht hätten, so wird doch alles, was Sie in diesen zehn Jahren gesehen, gehört, versucht, getan und gelitten haben, entweder Poesie gewesen oder zu Poesie geworden sein; und es werden am Ende dieser (dem Anschein nach) für die Musen verlornen Periode Ihres Lebens mehr Keime und Embryonen von Gedichten aller Art in Ihrer Seele liegen, als Sie, wenn Sie auch Bodmers oder Nestors Jahre erreichten, nicht auszubrüten Zeit haben würden.

Aber, ach! dies ists nicht allein. Sie werden auch Torheiten begehen, die nur ein Dichter begehen kann – werden mit dem glücklichsten Kopfe, mit dem besten Herzen, alle Augenblicke in einem falschen Lichte vor der Welt stehen; immer Klagen und Vorwürfe hören, und doch immer nur sich selbst Schaden tun; und, wie Sie es auch anstellen mögen, um die Welt zu überzeugen daß Sie ein unschuldiges harmloses wohlmeinendes Wesen sind, wird man Sie doch immer als ein Wundertier anstaunen, in dessen Art zu denken und zu sein die Leute sich nicht finden können, und in dessen Verstand oder Herz alle Augenblicke mächtige Zweifel gesetzt werden.

Alles dies, mein Lieber, verbreitet sehr unangenehme Folgen auf das Leben eines Menschen, der mit diesem bewunderten und verachteten, beneideten und verhaßten, geschmeichelten und fast immer schlecht belohnten Talente begabt ist, das ihm so sonderbare Vorzüge vor den gewöhnlichen Menschen, so viel Gewalt über ihre Einbildungskraft, und so unerschöpfliche Mittel sich selbst zu helfen – in der seinigen gibt. Das goldne λαθε βιωσας, der unbemerkte schmale Pfad durchs Leben[4], der ewige Wunsch aller Seelen, die zum stillen Genusse der Natur und zum Leben mit ihren eigenen Ideen geboren sind, wird für Sie der Baum des Tantalus werden. Eine verhaßte Celebrität, der Sie unmöglich entgehen können, wird Ihre Ruhe vergiften, und einen unversieglichen Schwall von tausend nichtswürdigen aber nur desto beschwerlichern kleinen Plagen über Sie ergießen, die Ihnen nicht einmal die arme Täuschung übrig lassen werden, sich für das Vergnügen, das Sie der Welt machen, wenigstens mit Liebe belohnt zu glauben. - Eine Musenliebe, wie die Ihrige, endet sich gewöhnlich wie die Leidenschaft eines unerfahrnen Paars von Turteltaubenseelen, die

---

[4] *Fallentis semita vitae.* **Horat.** *Ep. I 18.*

einander statt alles andern Brautschatzes einen unermeßlichen Schatz von Zärtlichkeit zubringen, und in dem süßen Wahne, daß die Liebe sie ewig speisen und tränken werde, aller Vorkehrungen gegen die Bedürfnisse des Lebens vergessen haben. Der bezauberte Liebhaber ist vollkommen versichert, daß an der Seite seiner Geliebten eine Strohhütte ein Feenpalast sei; daß er, bei den Strahlen aus ihren Augen keines Lichts, an ihrem wärmenden Busen keiner Feuerung, kurz, in dem Ozean von Wonne, worin seine trunkene Seele taumelt, gleich den Göttern im Himmel, nichts bedürfe als – daß der süße Wahn ewig daure! Aber, das ists eben worauf man vergebens gerechnet hat!

Man hat nicht bedacht, daß Stunden, Tage, Monate, vielleicht ganze Jahre, kommen werden, wo die Phantasie, ihrer Zauberkraft beraubt, uns dem unangenehmen Gefühle des Gegenwärtigen preisgibt; und daß sie (vermöge ihrer immer täuschenden Natur) die Übel, die uns drücken, eben so sehr vergrößert, als sie in glücklichen Stunden das Angenehme unsers Zustandes erhöhet. Man hat nicht bedacht, daß, wenn es auch in der Natur wäre, aus dem schönen Endymions-Traume, worein sie uns versenkt hat, nimmer von uns selbst zu erwachen, doch gewiß die nüchternen Leute um uns her, aus gutem oder bösem Willen, nicht ermangeln würden, uns so lange zu schütteln und zu rütteln, bis sie uns den schlimmen Streich gespielt hätten, der jenem Argeer von seinen Anverwandten widerfuhr, da sie ihm so lange Niesewurz gaben, bis die herrlichen Tragödien verschwanden, die er auf der leeren Schaubühne zu sehen glaubte.

Dieser Umstand allein wäre schon hinlänglich, alle meine Besorgnisse bei dem Lebenswege, den Sie einzuschlagen begriffen sind, zu rechtfertigen. Ein wahrer Dichter – (so selten auch, nach Versichrung des vorbelobten Herrn Klinggut, die Louisd'or und – die Zuckermandeln bei ihm sind

>Und seine Louuisd'or? Da stehts nun auch so so!
>Mit Groschen hört man bei der Wasserflasche
>Wohl eine Dichter in der Tasche
>Noch klimpern, wenner eben froh
>Sein Schweißgeld zählt; doch Gold – ho1 ho!
>Ein bömisch Dorf! – Nein, Gold und Zuckermandeln,
>Konfekte, Wein und Ordensbrand
>Sind unser einem nur dem Namen nach bekannt.
>Episteln, S. 21.

– befindet sich doch ungefähr in eben der Lage gegen die Welt, worin sich ein Besitzer des Steins der Weisen befinden würde. Beide könnten vielleicht, jener mit seinem Talisman im Kopf und Herzen, und dieser mit seinem Pulver in der Tasche, glücklich sein; wenn nur eine Möglichkeit wäre, ihr Geheimnis vor der ganzen Welt zu verbergen. Aber da dies nicht wohl angeht, so mögen sich beide darauf verlassen, daß man Mittel genug finden wird, sie für den Vorteil, den sie vor andern wackern Leuten haben, büßen zu lassen!

Wenn ich, mein Lieber, so viel für das Glück Ihres künftigen Lebens fürchte, so sind die Louisd'or und die Zuckermandeln wohl das wenigste was mir im Sinne liegt. Der letztern, mit allem Zubehör von Konfekten und Weinen (die Ordensbänder etwa ausgenommen), werden Sie vielleicht nur zu oft zu schmecken bekommen; und zu so viel Gold, als ein Dichter braucht, der eben keine Ansprüche an eine Villa – wie Boileaus und Popes, oder gar an ein Ferney macht, wird wohl auch noch Rat werden. Horaz speiste so oft er wollte an den Tafeln der Großen in Rom; wohnte so oft und so lange als es ihm gefiel in dem prächtigen Hause Mäcens, oder in seiner herrlichen Villa zu Tibur; hatte sein eigenes kleines Sabinum – kannte beinahe keine andre Plagen, als die er, durch das Unglück Roms erster Lyrischer Dichter zu sein, von den Autoren, vom Publikum und von seiner Celebrität zu leiden hatte; und fand sich doch öfters so davon zusammen gedrückt, daß ihm, bei aller seiner Liebe zu den Musen, in der Ungeduld die Lästerung entfuhr: Der Henker sollte ihn holen, wenn er seine Zeit nicht lieber verschlafen als Verse machen wollte.

Lesen Sie, was dieser liebenswürdige Dichter – der ein eben so feiner Weltmann als ein Mann von Genie und auserlesenen Kenntnissen war – an vielen Stellen seiner Briefe (besonders im neunzehnten an Mäcen, und im zweiten des zweiten Buchs an Julius Florus) von den Ungemächlichkeiten und Drangsalen des poetischen Berufs sagt; und lesen Sie, wenn Sie wollen, auch die Zusätze seines neuesten Kommentators, der seinen Autor (aus dem sehr simpeln Grunde, weil es ihm ungefähr eben so ergangen war) anschaulicher und inniger als manche andre verstanden zu haben scheint. Es ist, weil man doch einmal sein Schicksal erfüllen muß, wenigstens gut wenn man weiß wessen man sich zu versehen, und wie viel oder wenig man auf die Einnahmen, die man für die sichersten hielt, Rechnung zu machen hat.

Unter allen den schönen Lufterscheinungen, die einen jungen Dichtergeist ermuntern und beflügeln, wenn er die lange und mühevolle Laufbahn beginnt, deren Ziel unter tausend mitlaufenden nur so wenige erreichen, ist vielleicht die süßeste, – »der Wahn, daß etwas mehr als Beifall, mehr als das eitle *digito monstrari et dicier hic est,* daß die Liebe der Nation, für die er arbeitet, der Preis seiner unermüdeten Bestrebungen sein werde.« Schmeicheln Sie sich nicht mit einer so eiteln Hoffnung, mein Freund! Das höchste, worauf Sie zählen können, sind Augenblicke von Gunst, kurze Aufbrausungen, von dem Vergnügen, das Sie uns in diesen Augenblicken gemacht haben, veranlaßt, und wofür man Sie durch die Gefälligkeit, sich von Ihnen vergnügen zu lassen, überflüssig belohnt zu haben glaubt. Von dem Momente an, da wir wahrnehmen oder uns auch nur einbilden daß Sie nach unserm Beifall ringen, betrachten wir Sie mit eben den Augen, womit wir alle andre Prätendenten an Virtuosität in den ergetzenden Künsten ansehen; und Sie stehen (es mag Ihnen nun gefallen oder nicht) mit Taschenspielern, Luftspringern und Histrionen in Einer Linie. Alle Ihre Anstrengungen, einen hohen Grad von Vollkommenheit zu erreichen, sehen wir als Schuldigkeit an; und wehe Ihnen, wenn Sie nicht immer sich selbst übertreffen, oder sich jemals für erlaubt halten auf Ihren Lorbeern einzuschlummern!

Sie werden diesen Gedanken nicht sehr aufmunternd finden. Aber ich habe Ihnen noch nicht das ärgste gesagt. Ihre Lage gegen das Publikum als Dichter ist weit weniger vorteilhaft, als wenn Sie die Ehre hätten ein großer Kadenzenmacher oder der Parisische *Grand-Diable* zu sein. Zu diesen Künsten hat ungefähr jedermann einen Maßstab, und kann, mehr oder weniger, ziemlich richtig beurteilen, wie viel dazu gehört um diese oder jene Wunderdinge zu leisten. Aber in der Musenkunst ists gerade das Widerspiel. Unter tausend Lesern hat kaum Einer einen deutlichen und bestimmten Begriff von den Schwierigkeiten und von dem Höchsten der Kunst. Die Leser oder Zuhörer fühlen wohl, ob man sie interessiert oder gähnen macht: aber das ist auch alles! Und da ein sehr mittelmäßiges oder höchst nachlässig gearbeitetes Werk so gut als ein Meisterstück etwas interessantes haben kann: so können Sie sich darauf gefaßt machen, daß, so bald Ihr Werk aufgehört hat eine Meß-Neuigkeit zu sein, der erste beste Roman, der etwas Neues ist, und ein wenig Witz, hier oder da eine überraschende Situation, eine rührende Stelle oder ein schlüpfriges Gemälde hat, sich der Aufmerksamkeit der lesenden Welt bemächtigen, und Ihre Arbeit, hätten Ihnen auch alle neun Musen daran geholfen, auf die Seite drängen wird. Hoffen Sie nicht durch irgend eine Anstrengung, irgend eine idealische Vollkommenheit, zu der Sie mit allen Kräften Ihres Geistes empor streben, endlich einmal zu erhalten, was Sie nach Ihren Begriffen von der Kunst, und im lebendigen Bewußtsein dessen was Sie geleistet haben, für bloße Gerechtigkeit ansehen. Sie werden sie nie erhalten; nicht weil man Ihnen Gerechtigkeit versagen will, sondern weil man keinen Begriff von allem dem hat, was man wissen müßte um sie Ihnen widerfahren zu lassen.

Wenn ein poetisches Werk, neben allen andern wesentlichen Eigenschaften eines guten Gedichtes, das ist, was Horaz *totum teres atque rotundum* nennt; wenn es bei der feinsten Politur die Grazie der höchsten Leichtigkeit hat; wenn die Sprache immer rein, der Ausdruck immer angemessen, der Rhythmus immer Musik ist, der Reim sich immer von selbst, und ohne daß man ihn kommen sah, an seinen Ort gestellt hat; wenn alles wie mit Einem Guß gegossen, oder mit Einem Hauch geblasen da steht, und nirgends einige Spur von Mühe und Arbeit zu sehen ist: so kann man sich sicher darauf verlassen, daß es dem Dichter, wie groß auch sein Talent sein mag, unendliche Mühe gekostet hat. Die Natur der Sache bringt das so mit sich; und, da es vielleicht in keiner Europäischen Sprache schwerer ist schöne Verse zu machen als in der unsrigen, so muß auch der Fleiß und die Anstrengung, um es in einer solchen Sprache zu einigem Grade von Vollendung zu bringen, verhältnismäßig desto größer sein.

Aber bilden Sie sich ja nicht ein, wofern Ihnen jemals ein Werk dieser Art gelingt, daß Ihnen die Leser für das, was Sie mehr geleistet haben als man von Ihnen forderte, den mindesten Dank wissen werden. Man hätte (wie die tägliche Erfahrung lehrt) auch mit wenigerm fürlieb genommen. Ja, was das schlimmste ist, gerade diese Leichtigkeit, diese Glätte und Rundung, die Ihnen so viel gekostet, und die der einzelne und seltne Kenner mit aller gebührenden Kälte anerkennt, wird Ihrem Werke bei dem großen Haufen – Schaden tun. – »Es kostet Ihnen wohl nicht die geringste Mühe solche Verse zu machen?« – wird das Kompliment sein, das Ihnen überall entgegen schallen wird: und da die Menschen gewohnt sind, ein Kunstwerk nach der in die Augen fallenden Schwierigkeit, es hervorzubringen, zu schätzen; so wird auf das Ihrige, gerade um dessentwillen, weswegen Sie sich selbst am meisten Glück wünschten, eine Art von Verachtung fallen. Man wird es vielleicht mit mehr Vergnügen lesen als manche andre Früchte des nämlichen Jahrganges. Aber, weil man glaubt, daß Ihnen nichts leichter sei als solche Dinge zu machen; so werden Sie kaum mit einem fertig sein, da man Ihnen, als ob Sie noch nichts getan hätten, schon wieder ein anderes zumuten wird: und wenn Sie so ungefällig oder träg oder unfruchtbar sind, die Erwartung Ihrer Gönner nicht aufs schleunigste zu erfüllen; so wird bald eine neue Fabrikware, worins irgend etwas zu lachen oder zu weinen gibt, sich der Aufmerksamkeit der müßigen Welt bemächtigen; und das Werk, worin sich Ihre ganze Seele abgedruckt hat, das Werk Ihrer Liebe, Ihrer Nachtwachen, wobei Sie alle Ihre Kräfte aufgeboten, woran Sie alle Ihre Talente, alle Ihre Kenntnis der Geheimnisse der Kunst verschwendet hatten, wird – mit den Erdschwämmen, die in Einer Nacht hervorstechen, vermengt – in einen Winkel geworfen, und in kurzem so rein vergessen werden, als ob es nie gewesen wäre.

Alles dies, mein Freund, ist etwas so natürliches, so alltägliches, ist aus einerlei Ursachen von je her bei allen Nationen (wenigstens in einem gewissen Zeitpunkt) etwas so allgemeines gewesen, daß es lächerlich wäre sich darüber zu beklagen. Aber angenehm ists freilich nicht, von Erfahrungen dieser Art überrascht zu werden; und in den Momenten, worin Ihnen dies begegnen wird, werden Sie mehr als Einmal versucht sein, das Glück eines jeden ehrlichen Böotiers zu beneiden, der, gerade mit so viel Menschenverstand als er ins Haus gebraucht, sein Brot im Schweiße seines Angesichts ißt, und für den Mangel des zweideutigen Vorzugs – daß zehntausend Menschen, die er nie gesehen hat, seinen Namen nennen und sich anmaßen über ihn und seinen Wert oder Unwert abzusprechen – durch den Genuß eines unbekannt aber ruhig den Strom der Zeit hinab gleitenden Lebens reichlich entschädigt wird.

Ich würde nie fertig werden, wenn ich Ihnen alle Arten von Verdruß und Ungemach vorzählen wollte, welche jenseits der Aganippe, die für Sie der gefährliche Rubikon ist, auf Sie warten. Ich zweifle nicht, daß ich Ihnen mit einem guten Teile davon nichts sagen würde, als was Sie schon wissen. Aber vergessen Sie nicht, auch die ganze zarte Empfindlichkeit und Reizbarkeit einer poetischen Organisation mit dabei in Anschlag zu bringen. Tausend Dinge die Ihr Leben verbittern werden, sind, an sich betrachtet, Kleinigkeiten: aber für den

Nervenbau, für die Einbildung, für das Herz eines Dichters werden es schwere Leiden sein. Ein einziges schiefes oder hämisches Urteil, ein einziger dummer Blick eines Zuhörers bei einer Stelle die ihm einen elektrischen Schlag hätte geben sollen, oder die Frage: Was meinen Sie damit? bei einer feinen Ironie – wird Sie gegen den Beifall von Tausenden unempfindlich machen; und um einer einzigen solchen Zitation willen, wie Sie eine ganz jungfräuliche Stanze eines Gedichtes das Sie lieben, in einem Buche wo Sie es gewiß nicht erwarteten, und von einem harmlosen akademischen Philosophen, der den Dichter ehren wollte, zitiert oder vielmehr stupriert gesehen haben, werden Sie wünschen Ihr bestes Werk vernichten zu können.

Ich sage nichts von den Begegnungen, die Sie von Autoren, Kunstverwandten, Kennern, Kunstrichtern, Rezensenten usw. zu gewarten haben. Sie werden, wenn ich mich nicht sehr an Ihnen irre, in Absicht aller dieser Herren Horazens Methode

> *Non ego ventosae plebis suffragiavenor etc.*
> *Non ego nobilium scriptorum auditor et ultor*
> *Grammaticas ambire tribus et pulpita dignor.*
> Epist. I 19

einschlagen: erwarten Sie also auch Horazens Schicksal, das ist in geheim mit Vergnügen gelesen, ins Angesicht mit Lob überschüttet, und öffentlich bei jeder Gelegenheit mit kritischem Achselzucken oder, wenns am besten geht, mit Stillschweigen beehrt zu werden. – Ein gemeiner Soldat, der bloß durch Talente und Verdienste bis zum Feldmarschall empor stiege, wäre eine große Seltenheit: aber ein Schriftsteller, der, ohne von einer *Clique* zu sein, ohne Schüler gemacht, ohne seinen Ruhm den dermaligen Potentaten in der Gelehrten-Republik zu Leben aufgetragen, ohne hinwieder angehende Schriftstellerchen in seine Klientel genommen und sich in ihnen einen rüstigen Anhang gemacht zu haben, welcher immer bereit ist, auf jeden, der sich des Patrons Ungnade zugezogen hat, mit Faust und Ferse los zu schlagen – ein Autor, sage ich, der ohne alle diese Hülfsmittel, und (was ich nicht vergessen muß) ohne von der Aegide der goldnen Mittelmäßigkeit bedeckt zu sein, bloß durch eigenes Verdienst zum ruhigen Besitz eines unangefochtnen Eigentums von Ruhm und Ansehen unter seinen Zeitgenossen gelangte, wäre eine noch viel größre Seltenheit. Es tragen sich wohl zuweilen seltsame

Dinge in der Welt zu, und einer gewinnt ja wohl das große Los: aber wer kann darauf rechnen daß Er dieser Eine sein werde?

Überhaupt, wenn ein ausgebreiteter entschiedner Ruhm und die damit verbundnen Vorteile das Ziel sind wornach Sie laufen: so machen Sie sich in Zeiten gefaßt, alle nur ersinnlichen Hindernisse in Ihrem Wege zu finden; und am Ende doch vielleicht zu sehen, wie Ihnen Leute zuvor kommen, die, anstatt in der vorgesteckten Bahn zu laufen, querfeld über die Schranken wegsetzen, und durch eine glückliche Verwegenheit den Preis an sich reißen, den sie in einem ordentlichen Wettlaufe nicht erhalten hätten. »Zum Laufen hilft nicht schnell sein«, sagt Salomon, »und daß einer angenehm sei, dazu hilft nicht daß er ein Ding wohl könne; sondern alles liegt an der Zeit und am Glücke.«

Sie wissen, mein Lieber, aus wie vielen Ursachen ich den lebhaftesten Anteil an Ihnen nehme. Ich sehe Sie auf einem Wege, der Sie wahrscheinlicher Weise – nicht zum Tempel des Glücks führen wird; und doch habe ich nicht das Herz Sie zurück zu halten. Ich selbst liebe die Kunst, welcher Sie sich mit einer so entschiednen Fähigkeit widmen wollen, zu sehr, als daß ich ohne eine Art von innerlicher Bestrafung wünschen könnte, Sie von ihr abzuschrecken. Und wie sollte ich die Antwort nicht voraus sehen, mit der Sie alles was ich Ihrem Entschluß entgegen setzen könnte auf einmal zu Boden werfen werden? Auch ist meine Absicht nicht Sie abzuschrecken; ich möchte Sie nur nötigen, ehe Sie Ihre Partei auf immer nehmen, auch die Fährlichkeiten und Unlusten des Weges, der Ihnen so reizend vorkommt, in Betrachtung zu ziehen.

Zu Horazens Zeiten war die Poesie zufälliger Weise der Weg eine Art von Glück zu machen. Ihn trieb, wie er sagt, die Dürftigkeit, die alles zu wagen fähig ist, zum Versemachen.

Ibit eo quo vis qui zonam perdidit –

Bei uns, fürchte ich, ists just umgekehrt: der schmale Pfad über den Helikon ist ordentlicher Weise der gerade Weg in die Arme der lumpigen Göttin welcher Horaz entfliehen wollte. Vielleicht erleben Sie eine glücklichere Zeit für die Deutschen Musen. Vielleicht ist einem andern Fürsten der Nachruhm bestimmt, den der große König verschmähte, der, nachdem er in vierzig mit jedem andern Ruhme beladnen Jahren nichts für unsre ihm völlig unbekannte Literatur getan hatte, sich endlich an dem Verdienste begnügte, uns die Dürftigkeit und die Mängel derselben öffentlich vorzurücken. Vielleicht – Aber, nein! – weil doch diese hoffnungsvollen Vielleichts sehr ungewiß, und in der Tat weit unwahrscheinlicher sind als itzt manche sich träumen lassen; so stellen Sie sich lieber das ärgste vor: und da Sie ohnehin keine große Anlage zur Philosophie des Aristippus haben, und nicht sehr geneigt scheinen, was auch dabei zu gewinnen wäre, viel Weihrauch an die Götter der Erde, oder diejenigen die ihre Gnaden austeilen, zu verschwenden; so untersuchen Sie sich selbst genau, ob Sie im Schoße Ihrer lieben Muse allenfalls auch bei einer Mahlzeit von Kartoffeln und Brunnenwasser glücklich sein können.

Und wenn Sie dann, mein Freund, alles wohl überlegt, entschlossen sind es darauf ankommen zu lassen: so versprechen Sie mir mit Mund und Hand – weil ich Ihnen doch das schlimmste was begegnen kann voraus gesagt habe – niemals in Ihrem Leben, wie es Ihnen auch ergehen mag, sich über den Neid Ihrer Nebenbuhler und Zunftgenossen, über die Gleichgültigkeit der Großen, und über den Undank des Publikums zu beschweren.

Nichts ist zugleich unbilliger und alberner, als darüber wimmern, daß die Dinge sind wie sie immer gewesen sind; und daß die Welt, anstatt sich um unser liebes kleines Selbst herum zu drehen, in ihrem ewigen Fortschwung, uns, wie ein unmerkliches Atom, ohne es gewahr zu werden mit sich nimmt.

Die Menschen um uns her, vom größten bis zum kleinsten, haben so viel mit sich selbst und ihrer eignen Not, so viel mit ihren eignen Planen, Bedürfnissen, Leidenschaften, und momentanen Eingebungen des guten und bösen Dämons, den jeder gern oder ungern auf den Schultern tragen muß, zu tun, daß es kein Wunder ist, wenn sie sich nicht viel um die unsrigen bekümmern können. Und dennoch – helfen Sie einem Menschen aus einer Not, oder machen Sie ihm Vergnügen – wann, wo und wie ers bedarf, und er wird Ihnen in diesem Augenblicke aufrichtig dafür danken. Aber wie können wir von ihm fordern, daß er uns auch für ungebetene und unbrauchbare Dienste Dank wisse, oder, wenn wir ihm zur Unzeit die Ohren voll gesungen haben, sich uns noch dafür verbunden halte? Wie können wir verlangen, daß andern Menschen, mitten im Gedränge ihrer Verhältnisse, Geschäfte, Sorgen, Zerstreuungen, Ergetzlichkeiten, die Kunst die wir treiben, die Gegenstände wovon unsre Seele voll ist, das Werk womit wir uns beschäftigt haben, und womit sie vielleicht auf der Gottes-Welt nichts anzufangen wissen, eben so wichtig sein sollen als uns selbst? Wie können wir billiger Weise verlangen, daß sie ein eben so geübtes Ohr für die Musik unsrer Verse haben, die feinern Schönheiten eines poetischen Gemäldes eben so genau bemerken, eben so hoch in Anschlag bringen sollen, als ob sie viele Jahre lang ein besonderes Studium von solchen Dingen gemacht hätten?

Die Natur der Sache bringt es mit sich, daß für den bloßen Liebhaber, in Werken des Witzes, des Geschmacks und der Kunst, immer viel verloren geht. Aber darum ist doch das Publikum weder ungerecht gegen vorzügliche Schriftsteller, noch ohne Gefühl für den Wert der Meisterstücke der Musenkunst. Sehen Sie, wie gut öfters auch sehr alltägliche Machwerke, *sine pondere et arte*, wenn nur irgend etwas daran gefallen kann, aufgenommen werden! Die lesende Welt will auf allerlei Art ergetzt und unterhalten sein; und sie liebt die Mannigfaltigkeit so sehr, daß ein Autor ganz und gar ungenießbar sein müßte, dem es nicht glücken sollte bemerkt und (wenigstens eine Zeit lang) aus dem Gedränge der täglich zunehmenden Mitwerber hervorgezogen zu werden. Auch in der leichtesten und kunstlosesten Gattung, die kaum etwas andres Poetisches hat als die Lebhaftigkeit des Ausdrucks und den Reim, ist Witz oder Laune oder glückliche Ejakulation eines augenblicklichen Gefühls genug, einen Verfasser der Nation lieb und schätzbar zu machen. Lassen Sie es also nur nicht an sich selbst fehlen, mein junger Freund! Verdienen Sie den öffentlichen Beifall, er wird Ihnen nicht versagt werden. Spannen Sie alle Ihre Segel auf, erheben Sie sich über die Menge, und bereichern Sie, unzufrieden mit einem gemeinen Preise, unsre Literatur durch Werke, die, anstatt nur auf einen Augenblick zu ergetzen, sich der ganzen Seele des Lesers bemächtigen, alle Organen seiner Empfindung ins Spiel setzen, seine Einbildungskraft erwärmen, bezaubern, und in ununterbrochner Täuschung erhalten, seinem Geiste Nahrung, und seinem Herzen den süßen Genuß seiner besten Gefühle, seines moralischen Sinnes, seiner Teilnehmung an andrer Leiden und Freuden, seiner Bewundrung für alles was edel, schön und groß in der Menschheit ist, gewähren – und verlassen Sie sich darauf, das Publikum wird Ihnen so viel Dank dafür wissen als Sie billiger Weise nur immer verlangen können.

Ich setze diese Klausel hinzu, weil es Unsinn wäre, von den Menschen mehr zu erwarten als sie zu geben haben. Und mit welchem Rechte wollten die Schriftsteller allein von ihrer Nation mehr Gerechtigkeit, mehr Dankbarkeit, mehr Gleichheit und Beständigkeit fordern, als irgend ein andrer Mann von Verdienste, in welcher Kategorie er immer sein mag, von ihr zu gewarten hat?

Ich habe diese kleine Abschweifung für nötig gehalten, damit Sie das, was ich Ihnen von den mancherlei Unannehmlichkeiten des poetischen Lebens bloß als Tatsache gesagt, nicht für Klagelieder aufnehmen, die mir das Gefühl oder Andenken eigener Erfahrungen ausgepreßt habe. In allen nur ersinnlichen Lebensarten und Umständen ist das menschliche Leben mit mancherlei wirklichen, eingebildeten, natürlichen und selbstgemachten Plagen umfangen; und im Augenblicke der Überraschung kann uns oft auch ein kleiner Schmerz einen lauten Schrei abnötigen: aber wer wollte über unvermeidliche, allgemeine, und eben darum sehr erträgliche Übel sich ungebärdig stellen? *Quisque suos patimur manes.* – Indessen bedurfte es keiner Rücksicht auf die meinigen, um Ihnen von allgemeinen Erfahrungen zu sprechen, die in allen Zeiten und bei allen Völkern, wo Literatur blühte, Statt gefunden haben.

Sie, mein Lieber, kennen mich gut genug, um zu wissen daß ich mit meinem Lose in jeder Betrachtung zufrieden bin. Von meiner Jugend an habe ich die Kunst mehr geliebt als was man Ruhm und Glück nennt; und immer ist mir die unverfälschte Empfindung einzelner edler Seelen, der unerwartete gutherzige Dank irgend eines wackern Biedermannes der keine Nebenabsichten dabei haben konnte, mehr gewesen, als der ruhige Beifall des kalten Kenners oder das laute Zuklatschen der Menge, – wiewohl es mir in einem Laufe von mehr als dreißig Jahren auch an diesen nicht gefehlt hat. Aber ich würde mir ein Verdienst beilegen, an welches ich keinen Anspruch zu machen habe, wenn ich leugnen wollte: daß ich, indem ich den größten Teil meines Lebens im Dienste der Musen zugebracht, mehr für mich selbst als für andere getan habe; und daß es die reinste Wahrheit war, und vermutlich bis an mein Ende wahr bleiben wird, was ich schon vor funfzehn Jahren (zu einer Zeit, da ich am äußersten Ende des südlichen Deutschlandes in gänzlicher Abgeschiedenheit von unserm Parnaß und ohne alle literarische Verbindung lebte) aus vollem Herzen zu meiner Muse sagte:

Gefällst du nicht, stimmt Welt und Kenner ein
Dich deines Dienstes zu überheben,
So mag dein Trost in diesem Unfall sein,
Daß du bei süßer Müh mir viel Lust gegeben.
Du machs, ohMuse, doch das Glück von meinem Leben,
und hört dir niemand zu, so singst du mir allein.

Ich müßte mich sehr irren, wenn diese Gesinnung nicht im Fortgang Ihres Lebens auch die Ihrige sein sollte; und so bleibt mir (was für Wege auch übrigens das Schicksal mit Ihnen gehen mag) doch immer der Trost: daß eine Quelle von Glückseligkeit in Ihrem Innern springt, die Ihnen jeden Kummer des Lebens versüßen, den Genuß seiner besten Freuden verdoppeln, und, auch wenn sie zu versiegen anfängt, zum Labsal in den Tagen die uns nicht gefallen, wenigstens noch einzelne Nektartropfen für Sie übrig haben wird.

Christoph Martin Wieland.

Ueber die Rechte und Pflichten der Schriftsteller, in Absicht ihrer Nachrichten und Urtheile über Nationen, Regierungen und andere öffentliche Gegenstände.

1785.

Bei der großen Menge von Schriften, worin gereiste Leute (unter welche von Yoricks Classen sie auch gehören mögen) die auf ihren Reisen und Wanderungen gesammelten Bemerkungen und Nachrichten in Briefen an Freunde oder vielmehr an das Publicum zum Druck befördern, und da die Begierde der leselustigen Welt nach Schriften dieser Art natürlicher Weise die Anzahl der reiselustigen Schriftsteller und briefstellenden Wanderer täglich vermehrt, möchte wohl Manchen mit einem Maßstabe gedient seyn, an welchem sie die Befugnisse solcher Schriftsteller und die Grenzen ihrer Freiheit bei Bekanntmachung ihrer Bemerkungen, Nachrichten und Urtheile in allen vorkommenden Fällen mit Zuverlässigkeit bestimmen können. Dieser Maßstab scheint mir in der folgenden Reihe von Wahrheiten enthalten zu seyn.

Ich gebe sie mit Zuversicht für Wahrheiten aus, weil ich nicht nur selbst von ihnen überzeugt bin, sondern auch glaube, daß sie jedem nur mäßig aufgeräumten und einiges Nachdenkens fähigen Kopfe als Wahrheit einleuchten müssen.

I.

Freiheit der Presse ist Angelegenheit und Interesse des ganzen Menschengeschlechts. Ihr haben wir hauptsächlich die gegenwärtige Stufe von Cultur und Erleuchtung, worauf der größere Theil der europäischen Völker steht, zu verdanken. Man raube uns diese Freiheit, so wird das Licht, dessen wir uns gegenwärtig erfreuen, bald wieder verschwinden; Unwissenheit wird bald wieder in Dummheit ausarten, und Dummheit uns wieder dem Aberglauben und dem Despotismus preisgeben. Die Völker werden in die Barbarei der finstern Jahrhunderte zurück sinken; und wer sich dann erkühnen wird, Wahrheiten zu sagen, an deren Verheimlichung den Unterdrückern der Menschheit gelegen ist, wird ein Ketzer und Aufrührer heißen und als ein Verbrecher bestraft werden.

II.

Freiheit der Presse ist nur darum ein Recht der Schriftsteller, weil sie ein Recht der Menschheit oder, wenn man will, ein Recht policirter Nationen ist; und sie ist blos darum ein Recht des Menschengeschlechts, weil die Menschen, als vernünftige Wesen, kein angelegeneres Interesse haben, als wahre Kenntnisse von Allem, was auf irgend eine Art geradezu oder seitwärts einen Einfluß auf ihren Wohlstand hat und zu Vermehrung ihrer Vollkommenheit etwas beitragen kann.

III.

Die Wissenschaften, welche für den menschlichen Verstand das sind, was das Licht für unsere Augen, können und dürfen also ohne offenbare Verletzung eines unleugbaren Menschenrechtes in keine andere Grenzen eingeschloßen werden, als diejenigen, welche uns die Natur selbst gesetzt hat. Alles, was wir wissen können, das dürfen wir auch wissen.

IV.

Die nöthigste und nützlichste aller Wissenschaften oder, noch genauer zu reden, diejenige, in welcher alle übrige eingeschlossen sind, ist die Wissenschaft des Menschen:

Der Menschheit eignes Studium ist der Mensch.

Sie ist eine Aufgabe, an deren vollständiger und reiner Auflösung man noch Jahrtausende arbeiten wird, ohne damit zu Stande gekommen zu seyn. Sie anzubauen, zu fördern, immer größere Fortschritte darin zu thun, ist der Gegenstand des Menschenstudiums; und wie könnte dieses auf andere Weise mit Erfolge getrieben werden, als indem man die Menschen, wie sie von jeher waren, und wie sie dermalen sind, nach allen ihren Beschaffenheiten, Verhältnissen und Umständen kennen zu lernen sucht?

V.

Diese historische Kenntniß der vernünftigen Erdebewohner ist die Grundlage aller echt philosophischen Wissenschaft, welche die Natur und Bestimmung des Menschen, seine Rechte und seine Pflichten, die Ursachen seines Elendes und die Bedingungen seines Wohlstandes, die Mittel, jenes zu mindern und diesen zu befördern, kurz, das allgemeine Beste des menschlichen Geschlechtes zum Gegenstande hat. Um heraus zu bringen, was dem Menschen möglich ist, muß man wissen, was er wirklich ist und wirklich geleistet hat. Um seinen Zustand zu verbessern und seinen Gebrechen abzuhelfen, muß man erst wissen, wo es ihm fehlt, und, woran es liegt, daß es nicht besser um ihn steht. Im Grunde ist also alle echte Menschenkenntniß historisch. Die Geschichte der Völker, nach ihrer ehemaligen und gegenwärtigen Beschaffenheit, in derjenigen Verbindung der Thatsachen und Begebenheiten, woraus man sieht, wie sie zusammen hangen, und wie die Wirkung oder der Erfolg des Einen wieder die Veranlassung oder Ursache des Andern wird – diese Philosophie der Menschengeschichte ist nichts Anderes, als Darstellung dessen, was sich mit den Menschen zugetragen und immerfort zuträgt; Darstellung eines immer fortlaufenden Factums, wozu man nicht anders gelangen kann, als indem man die Augen aufmacht und sieht, und indem diejenigen, welche mehr Gelegenheit als alle Andere gehabt haben, zu sehen, was zu sehen ist, ihre Beobachtungen den Andern mittheilen.

VI.

Aus diesem Gesichtspunkte sind alle Beiträge zu beurtheilen, welche von verständigen und erfahrenen Männern, von Seefahrern und Landfahrern, Reisigen und Fußgängern, Gelehrten und Ungelehrten (denn auch Ungelehrte können den Geist der Beobachtung haben und sehen oft aus gesundern Augen als Gelehrte von Profession) zur Erd- und Völkerkunde oder, mit *einem* Wort, zur Menschenkenntniß in größern oder kleinern Bruchstücken bekannt gemacht worden sind. Ans diesem Gesichtspunkte erkennt man ihre Schätzbarkeit und daß dem menschlichen Geschlecht überhaupt und jedem Volke, jedem einzelnen Staatskörper und jedem einzelnen Menschen insbesondere daran gelegen ist, daß solcher Beiträge recht viele in dem allgemeinen Magazine der menschlichen Kenntnisse niedergelegt werden.

VII.

Insonderheit ist jedem großen Volke – und ganz vorzüglich dem unsrigen (dessen Staatskörper eine so sonderbare Gestalt hat und aus so mannigfaltigen und ungleichartigen Theilen mehr zufälliger Weise zusammen gewachsen, als planmäßig zusammen gesetzt ist), daran gelegen, seinen gegenwärtigen Zustand so genau als möglich zu kennen. Jeder noch so geringe Beitrag, der über die Beschaffenheit der Staatswirthschaft, Polizei, bürgerlichen und militärischen Verfassung, Religion, Sitten, öffentlichen Erziehung, Wissenschaften und Künste, Gewerbe, Landwirthschaft u. s. w. in jedem Theile unseres gemeinsamen Vaterlandes und über die Stufe der Cultur, Aufklärung, Humanisirung, Freiheit, Thätigkeit und Emporstrebung zum Bessern, die jeder derselben erreicht hat, einiges Licht verbreitet, jeder solche Beitrag ist schätzbar und verdient unsern Dank.

VIII.

Die erste und wesentlichste Eigenschaft eines Schriftstellers, welcher einen Beitrag zur Menschen- und Völkerkunde aus eigener Beobachtung liefert, ist: daß er den aufrichtigen Willen habe, die Wahrheit zu sagen, folglich keiner Leidenschaft, keiner vorgefaßten Meinung, keiner interessirten Privatabsicht wissentlich einigen Einfluß in seine Nachrichten und Bemerkungen erlaube. Seine erste Pflicht ist

Wahrhaftigkeit und Unparteilichkeit: und da wir zu Allem berechtigt sind, was eine nothwendige Bedingung der Erfüllung unsrer Pflicht ist; so ist auch, vermöge der Natur der Sache, Freimüthigkeit ein Recht, das keinem Schriftsteller dieser Classe streitig gemacht werden kann. Er muß die Wahrheit sagen wollen und sagen dürfen.

IX.

Diesemnach ist ein Schriftsteller vollkommen berechtigt, von dem Volke, über welches er uns seine Beobachtungen mittheilt, Alles zu sagen, was er gesehen hat, Gutes und Böses, Rühmliches und Tadelhaftes. Mit ungetreuen Gemälden, welche nur die schöne Seite darstellen und die fehlerhafte entweder ganz verdunkeln oder gar durch schmeichlerische Verschönerung verfälschen, ist der Welt nichts gedient.

X.

Niemand kann sich beleidigt halten, wenn man ihn abschildert, wie er ist. Die Höflichkeit, welche uns verbietet, einer Person in öffentlicher Gesellschaft ihre Fehler zu sagen, ist keine Pflicht des Schriftstellers, der vom Menschen überhaupt oder von Nationen, Staaten und Gemeinheiten (wie groß oder klein sie übrigens seyn mögen) zu sprechen hat. Eine Nation würde etwas Unbilliges verlangen und sich lächerlich vor der Welt machen, welche für ganz untadelig und von allen Seiten vollkommen gehalten seyn wollte; und ganz untadelig müßte sie doch seyn, wenn ein verständiger Beobachter gar nichts an ihr auszusetzen hätte. Alles, was in solchem Falle die Ehrerbietung gegen eine ganze Nation oder Gemeinheit fordert, ist, in anständigen Ausdrücken, ohne Uebertreibung, Bitterkeit und Muthwillen von ihrer blinden Seite zu sprechen und vornehmlich seine Unparteilichkeit auch dadurch zu beweisen, daß man ihren Vorzügen und Allem, was an ihr zu rühmen ist, Gerechtigkeit widerfahren lasse.

XI.

Zu Erlangung einer richtigen Kenntniß von Nationen und Zeitaltern ist hauptsächlich vonnöthen, daß man das Unterscheidende oder Charakteristische eines jeden Volkes, welches merkwürdig genug ist, um die öffentliche Aufmerksamkeit zu verdienen, kennen lerne. Dieses Charakteristische äußert sich gewöhnlich eben sowohl, ja oft noch stärker und auszeichnender, in Fehlern, als in Vollkommenheiten. Oft sind die Fehler nur ein Uebermaß von gewissen Eigenschaften, die in gehörigem Maße sehr löblich sind, wie zum Beispiel geziertes Wesen ein Uebermaaß von Eleganz ist. Nicht selten sind die Fehler an Nationen, eben so wie an einzelnen Menschen, blos natürliche (wiewohl allezeit verbesserliche) Folgen eben derjenigen Sinnesart, wodurch ein Volk zu gewissen Tugenden besonders aufgelegt ist, wie zum Beispiel die Nationaleitelkeit des französischen Volkes ein Fehler ist, den es nicht hätte, wenn nicht hohes Ehrgefühl, Liebe zum Ruhm und lebhafte Theilnehmung an Nationalehre Hauptzüge seines Charakters wären. Fehler dieser Art bemerken heißt nicht beleidigen, sondern einen Dank verdienenden Wink geben, wo und wie man in seiner Art besser und lobenswürdiger werden kann.

XII.

Ein unbefangener Beobachter, den die Natur mit Scharfsinn und Lebhaftigkeit des Geistes ausgesteuert, und die Philosophie mit dem richtigen Maßstabe dessen, was löblich, schön, anständig und schicklich oder das Gegentheil ist, versehen hat, sieht überall, wo er hinkommt, die Menschen und ihr Thun und Lassen, ihre Gewohnheiten und Eigenheiten, Schiefheiten und Albernheiten in ihrem natürlichen Lichte; und, ohne die mindeste Absicht, etwas lächerlich machen zu wollen, findet sich, daß man über das Lächerliche – lachen oder lächeln muß. Wohl dem Volke, das nur lächerliche Fehler hat!

XIII.

Zuweilen liegt der vermeinte Tadel, worüber man sich unzeitig beklagt, blos in der Vorstellungsart einer übermäßig reizbaren Selbstgefälligkeit. Als Xenophon seine zwei Gemälde von der spartanischen und athenischen Republik gegen einander stellte, schrieen die Athener, welche gewohnt waren, von ihren Sophisten und Lobrednern immer nur schmeichelhafte Dinge zu hören, über großes Unrecht; aber wir, die keinen Grund haben, weder Athenern noch Spartanern zu schmeicheln oder mehr Vorliebe für die Einen als für die Andern zu haben, wir finden, daß Xenophon den Athenern kein

Unrecht that. Er sagt mit der ihm ganz eigenen Simplicität und Geradheit, was Jedermann, der nach Athen ging und mit seinen eigenen Augen sah, sehen mußte. Die Athener schrieen über Satire und Ironie, wo Xenophon weder an Satire noch Ironie gedacht hatte. Die Wahrheit war, daß er sie blos in einen Spiegel schauen ließ. Sein Gemälde ist das Gemälde einer jeden Republik, in welcher das Volk die höchste Gewalt hat; und alle die besondern Züge, die nur auf die Athener zu passen scheinen, sind im Grunde bloße Modificationen, wovon der nähere Grund in ihrer Lage und in ihren äußern Umständen zu finden war. Ich kann die Verfassung der Athener nicht loben, sagt Xenophon; aber, da es ihnen einmal beliebt hat, sich eine solche Verfassung zu geben, so finde ich, daß sie sehr inconsequent seyn müßten, wenn sie anders wären, als sie sind. Man tadelt dieß und dieß und dieß an ihnen und überlegt nicht, daß sie, ihre Staatsverfassung vorausgesetzt, in Allem dem, weßwegen man sie tadelt, Recht haben. Sein Buch von der athenischen Republik ist daher, wenn man will, eine Satire und eine Apologie zu gleicher Zeit; in der That aber weder mehr noch weniger als eine historische Darstellung dessen, was die Athener in ihrer demokratischen Epoche waren, in ein solches Licht gestellt, daß man deutlich begreift, wie sie das waren, und warum sie es waren, und warum es unmöglich war, daß sie anders hätten seyn sollen, solange sie nicht die Quelle Alles dessen, was an ihnen tadelhaft war, ihre Verfassung, änderten.

Eine eben so simple, eben so getreue und ungeschmeichelte Darstellung dessen, was in unserm gegenwärtigen Zeitmomente jeder besondere Staat, jede große oder kleine Haupt-Residenz und freie Reichsstadt in Deutschland wirklich ist, wie jene Xenophontische von Sparta und Athen, würde ihrem Verfasser zwar wahrscheinlich viel Verdruß und keine öffentliche Danksagung im Namen Kaisers und Reichs zuziehen (wie ehedem Doctor Burnet für seine Whiggische Geschichte von England vom Ober- und Unterhause des groß-britannischen Parlaments erhielt), aber er würde eine solche Danksagung wenigstens verdienen; denn es wäre eine große Wohlthat, die er der Nation erwiese.

XIV.

Wer aus einem großen Staat in einen andern kommt, worin Verfassung und Einrichtung, Nationalcharakter und Nationalsitten mit jenem stark abstechen, zum Beispiel aus einem militärischen in einen, der seinen Wohlstand dem Frieden und den Künsten des Friedens zu danken hat, der bringt eine Disposition mit sich, vorzüglich Alles das zu bemerken, was den Unterschied zwischen beiden ausmacht, weil dieß gerade die Züge sind, die ihm am stärksten auffallen. Daher kommt es denn ganz natürlich, daß er ein Belieben daran findet, das Charakteristische der einen und der andern Nation gegen einander zu stellen und mit einander zu vergleichen – ein Verfahren, wodurch gemeiniglich heraus kommt, daß das, worin die eine sich besonders hervor thut, gerade nicht die glänzendste Seite der andern ist. Kein Volk, zumal ein kleines, kann alle mögliche Vorzüge beisammen haben; es gibt sogar einige, die einander ausschließen. Ich bin gewiß, daß ein Haufen edler junger Mitbürger und Cameraden des Alcibiades, ihrer Tapferkeit unbeschadet, gegen eben so viele spartanische Knasterbärte wie ein Trupp schöner Herren, die zum Tanze gehen, aussahen. Spartaner und Athener, Thebaner und Korinther (alte oder moderne) in einem Gemälde gegen einander contrastiren zu lassen, ist immer eine sehr unschuldige Sache, wiewohl die Einen auf die Andern wechselsweis ein nicht immer vortheilhaftes Licht werfen.

XV.

Was von Nationen gesagt worden, gilt auch von Regenten und großen Herren. August und Trajan, wenn man ihren Schmeichlern und Lobrednern glauben wollte, müßten keine Menschen, sondern Götter und Ideale aller Vollkommenheiten gewesen seyn. Eben so, wenn man den Büchermachern in ihren Zueignungsschriften und den Zeitungs-schreibern, wenn sie Todesfälle und Thronbesteigungen ankündigen, und den Leichenpredigern oder Standrednern, wenn sie aus bezahlter Pflicht zum letztenmale loben, unbeschränkt glauben müßte; so wären alle unsere Regenten, vom ersten Monarchen in Europa bis zum kleinsten aller Dynasten im heiligen römischen Reiche, lauter Auguste und Trajane. Wollte Gott! Aber was ist – ist; und wie es überall in der Welt ist, das sieht, wer ein Paar gesunde Augen hat, und, wer nicht sehen kann, fühlt's. Regenten, die von ihrer Würde und von ihrem

Amte die gehörige Empfindung haben, verachten solche Schmeicheleien und wissen, daß, wer das Herz hat, ihnen unangenehme Wahrheiten zu sagen, es gewiß ehrlich mit ihnen meint. Der beste Fürst ist der, dessen größter Wunsch ist, der beste Mensch unter seinem Volke zu seyn. Und gewiß, ein solcher kann und wird es nicht übel finden, wenn man ihm mit Bescheidenheit zu verstehen gibt, was die Nachwelt ohne Scheu heraus sagen wird, wenn es zu spät für ihn seyn wird, Nutzen daraus zu ziehen.

XVI.

So wie es keinen wissenschaftlichen Gegenstand gibt, den man nicht untersuchen, ja selbst keinen Glaubenspunkt, den die Vernunft nicht beleuchten dürfte, um zu sehen, ob er glaubwürdig sey oder nicht: so gibt es auch keine historische und keine praktische Wahrheit, die man mit einem Interdict zu belegen oder für Contrebande zu erklären berechtigt wäre. Es ist widersinnig, Staatsgeheimnisse aus Dingen machen zu wollen, die aller Welt vor Augen liegen, oder übel zu nehmen, wenn Jemand der ganzen Welt sagt, was einige hunderttausend Menschen sehen, hören und fühlen.

XVII.

Ein Augenzeuge kann, ohne Schuld seines Willens, unrichtig sehen. Wer einem Andern, den er für glaubwürdig hält, etwas nachsagt, kann falsch berichtet worden seyn. Der aufmerksamste und scharfsinnigste Beobachter ist, wie alle Menschen, der Möglichkeit des Irrthums unterworfen und kann einen wichtigen Umstand übersehen oder Manches nicht aus seinem wahren Gesichtspunkt oder in dem gehörigsten Lichte gesehen haben. Es ist also kaum möglich, daß Schriften, worin Völker, Staaten, merkwürdige Menschen und Begebenheiten, Sitten der Zeit und dergleichen historisch geschildert werden, selbst bei dem reinsten Vorsatze, die Wahrheit zu sagen, von allen Unrichtigkeiten gänzlich frei seyn sollten. Auch ist es möglich, daß Jemand aus Unerfahrenheit oder Beschränktheit seiner Einsichten oder aus dunkeln Vorstellungen und Neigungen, die ohne sein Wissen auf seinen Willen wirken (zum Beispiel aus Vorliebe für sein eignes Vaterland), zuweilen unrichtig sehen und urtheilen kann. Aber es wäre widersinnig, den Schluß hieraus zu ziehen, daß man also keine historische Schriften, keine Beiträge zur Völker- und Menschenkunde, keine Reisebeschreibungen und keine Sammlungen solcher Thatsachen, deren Publicität der Welt nützlich ist oder werden kann, mehr bekannt machen dürfe. Alles, was daraus folgt, ist, daß ein Jeder, der die Sache besser zu wissen glaubt oder die Irrthümer eines Schriftstellers aufzudecken und zu berichtigen im Stande ist, nicht nur volle Befugniß, sondern sogar eine Art von Pflicht auf sich hat, der Welt damit zu dienen.

Christoph Martin Wieland.

Sechs Antworten auf sechs Fragen.

1.

»Was ist Aufklärung?«

Das weiß Jedermann, der vermittelst eines Paares sehender Augen erkennen gelernt hat, worin der Unterschied zwischen Hell und Dunkel, Licht und Finsterniß besteht. Im Dunkeln sieht man entweder gar nichts oder wenigstens nicht so klar, daß man die Gegenstände recht erkennen und von einander unterscheiden kann: sobald Licht gebracht wird, klären sich die Sachen auf, werden sichtbar und können von einander unterschieden werden; – doch wird dazu zweierlei nothwendig erfordert: 1) daß Licht genug vorhanden sey, und 2) daß diejenigen, welche dabei sehen sollen, weder blind noch gelbsüchtig seyen, noch durch irgend eine andere Ursache verhindert werden, sehen zu können oder sehen zu wollen.

2.

»Über welche Gegenstände kann und muß sich die Aufklärung aus-breiten?«

Drollige Frage! Worüber als über sichtbare Gegenstände? Das versteht sich doch wohl, dächte ich; oder muß es den Herren noch bewiesen werden? Nun wohlan! Im Dunkeln (ein einziges löbliches und gemeinnütziges Geschäft ausgenommen) bleibt für ehrliche Leute nichts zu thun als zu schlafen. Im Dunkeln sieht man nicht, wo man ist, noch wo man hingeht, noch was man thut, noch was um uns her, zumal in einiger Entfernung, geschieht; man läuft Gefahr, bei jedem Schritte die Nase anzustoßen, bei jeder Bewegung etwas umzuwerfen, zu beschädigen oder anzurühren, was man nicht anrühren sollte, kurz, alle Augenblicke Mißgriffe und Mißtritte zu thun; so daß, wer seine gewöhnlichen Geschäfte im Dunkeln treiben wollte, sie sehr übel treiben würde.Dieß leidet einige Ausnahmen, ich weiß es wohl; aber in den meisten Fällen bleibt es doch bei der Regel. Die Anwendung ist kinderleicht. Das Licht des Geistes, wovon hier die Rede ist, ist die Erkenntniß des Wahren und Falschen, des Guten und Bösen. Hoffentlich wird Jedermann zugeben, daß es ohne diese Erkenntniß eben so unmöglich ist, die Geschäfte des Geistes recht zu treiben, als es ohne materielles Licht möglich ist, materielle Geschäfte recht zu thun. Die Aufklärung, d. i., so viel Erkenntniß, als nöthig ist, um das Wahre und Falsche immer und überall unterscheiden zu können, muß sich also über alle Gegenstände ohne Ausnahme ausbreiten, worüber sie sich ausbreiten kann, d. i. über alles dem äußern und innern Auge Sichtbare. – Aber es gibt Leute, die in ihrem Werke gestört werden, sobald Licht kommt; es gibt Leute, die ihr Werk unmöglich anders als im Finstern oder wenigstens in der Dämmerung treiben können; – z. B. wer uns schwarz für weiß geben oder mit falscher Münze bezahlen oder Geister erscheinen lassen will, oder auch (was an sich etwas sehr Unschuldiges ist), wer gerne Grillen fängt, Luftschlösser baut und Reisen ins Schlaraffenland oder in die glücklichen Inseln macht, – der kann das natürlicher Weise bei hellem Sonnenschein nicht so gut bewerkstelligen als bei Nacht oder Mondschein oder einem von ihm selbst zweckmäßig veranstalteten Helldunkel. Alle diese wackern Leute sind also natürliche Gegner der Aufklärung, und nun und nimmermehr werden sie sich überzeugen lassen, daß das Licht über alle Gegenstände verbreitet werden müsse, die dadurch sichtbar werden können: ihre Einstimmung zu erhalten, ist also eine pure Unmöglichkeit; sie ist aber, zu gutem Glücke, auch nicht nöthig.

3.

»Wo sind die Grenzen der Aufklärung?«

Antwort: wo bei allem möglichen Lichte nichts mehr zu sehen ist. Die Frage ist eigentlich von gleichem Schlage mit der: wo ist die Welt mit Brettern zugeschlagen? und die Antwort ist wirklich noch zu ernsthaft für eine solche Frage.

4.

»Durch welche sichere Mittel wird sie befördert?«

Das unfehlbarste Mittel, zu machen, daß es heller wird, ist, das Licht zu vermehren, die dunkeln Körper, die ihm den Durchgang verwehren, so viel möglich weg zu schaffen und besonders alle finstern Winkel und Höhlen sorgfältig zu beleuchten, in welchen das No. 2 erwähnte lichtscheue Völkchen sein Wesen treibt.

Alle Gegenstände unsrer Erkenntniß sind entweder geschehene Dinge oder Vorstellungen, Begriffe, Urtheile und Meinungen. Geschehene Dinge werden aufgeklärt, wenn man bis zur Befriedigung eines jeden unparteiischen Forschers untersucht, ob und wie sie geschehen sind? Die Vorstellungen, Begriffe, Urtheile und Meinungen der Menschen werden aufgeklärt, wenn das Wahre vom Falschen daran abgesondert, das Verwickelte entwickelt, das Zusammengesetzte in seine einfachern Bestandtheile aufgelöst, das Einfache bis zu seinem Ursprunge verfolgt und überhaupt keiner Vorstellung oder Behauptung, die jemals von Menschen für Wahrheit angegeben worden ist, ein Freibrief gegen die uneingeschränkteste Untersuchung gestattet wird. Es gibt kein anderes Mittel, die Masse der Irrthümer und schädlichen Täuschungen, die den menschlichen Verstand verfinstert, zu vermindern, als dieses, und es kann kein anderes geben.

Die Rede kann also auch hier nicht von Sicherheit oder Unsicherheit seyn. Niemand kann etwas dabei zu befürchten haben, wenn es heller in den Köpfen der Menschen wird, – als diejenigen, deren Interesse es ist, daß es dunkel darin sey und bleibe; und auf die Sicherheit dieser letztern wird doch wohl bei Beantwortung der Frage keine Rücksicht genommen werden sollen? Wahrlich, wir können ihretwegen ganz ruhig seyn; sie werden schon selbst für ihre Sicherheit sorgen. Sie werden auch künftig, wie bisher, ihr Möglichstes thun, alle Öffnungen, Fenster und Ritzen, wodurch Licht in die Welt kommen kann, zu verbauen, zu vernageln und zu verstopfen; werden nicht ermangeln, uns Andern, die wir uns zu unserm und andrer Leute nothdürftigem Gebrauch mit etwas Licht versehen, die Laternen zu zerschlagen, sobald sie die Stärkern sind, und, wo sie das nicht sind, alle nur ersinnlichen Mittel anwenden, die Aufklärung wenigstens in ein böses Geschrei zu bringen. Ich denke nicht gern Arges von meinem Nebenmenschen; aber ich muß gestehen, wo die Sicherheit der Aufklärungsmittel einem Frager so sehr am Herzen liegt, da könnte mir seine Lauterkeit wider Willen verdächtig werden. Sollte er etwa meinen, es gebe respectable Dinge, die keine Beleuchtung aushalten können? Nein, so übel wollen wir von seinem Verstande nicht denken! Aber er wird vielleicht sagen:»Es gebe Fälle, wo zu viel Licht schädlich sey, wo man es nur mit Behutsamkeit und stufenweise einfallen lassen dürfe.« Gut! nun kann dieß mit der Aufklärung, die durch Unterscheidung des Wahren und Falschen bewirkt wird, in Deutschland wenigstens der Fall nicht seyn; denn so stockblind ist unsere Nation nicht, daß sie wie eine Person, die am schwarzen Staar operirt worden ist, behandelt werden müsse. Es wäre Spott und Schande, wenn wir, nachdem wir schon dreihundert Jahre lang nach und nach einen gewissen Grad von Licht gewohnt worden sind, nicht endlich einmal im Stande seyn sollten, hellen Sonnenschein ertragen zu können. Es greift sich mit Händen, daß das blose Ausflüchte der lieben Leute sind, die ihre eigenen Ursachen haben, warum es nicht hell um sie seyn soll.

5.
»Wer ist berechtigt, die Menschheit aufzuklären?«

Wer es kann! – »Aber wer kann es?« – Ich antworte mit einer Gegenfrage, wer kann es nicht? Nun, mein Herr? da stehen wir und sehen einander an? Also, weil kein Orakel da ist, das in zweifelhaften Fällen den Ausspruch thun könnte (und wenn eines da wäre, was hälfe es uns ohne ein zweites Orakel, das uns das erste erklärte?), und weil kein menschliches Tribunal berechtigt ist, sich einer Entscheidung anzumaßen, wodurch es von seiner Willkür abhinge, uns so viel oder wenig Licht zukommen zu lassen, als ihm beliebte: so wird es doch wohl dabei bleiben müssen, daß Jedermann – von Sokrates oder Kant bis zum obscursten aller übernatürlich erleuchteten Schneider und Schuster, ohne Ausnahme, berechtigt ist, die Menschheit aufzuklären, wie er kann, sobald ihn sein guter oder böser Geist dazu treibt. Man mag nun die Sache betrachten, von welcher Seite man will, so wird sich finden, daß die menschliche Gesellschaft bei dieser Freiheit unendlichmal weniger gefährdet ist, als wenn die Beleuchtung der Köpfe und des Thuns und Lassens der Menschen als Monopol oder ausschließliche Innungssache behandelt wird. Nur wollte ich allenfalls rathen, ne quid Respublica detrimenti capiat – eine höchst unschuldige Einschränkung dabei zu verfügen; und diese wäre: das sehr weise Strafgesetz der alten Kaiser des ersten und zweiten Jahrhunderts gegen die heimlichen Conventikel und geheimen Verbrüderungen zu erneuern und demzufolge Allen, die nicht berufen sind, auf Canzeln und Kathedern zu lehren, kein anderes Mittel zur beliebigen Aufklärung der Menschheit zu gestatten, als die Buchdruckerpresse. Ein Narr, der in einem Conventikel Unsinn predigt, kann in der bürgerlichen Gesellschaft Unheil anrichten; ein Buch hingegen, was auch sein Inhalt seyn mag, kann heut zu Tage keinen Schaden thun, der entweder der Rede werth wäre oder nicht gar bald zehnfältig oder hundertfältig durch Andere vergütet würde.

6.

»An welchen Folgen erkennt man die Wahrheit der Aufklärung?«

Antwort: wenn es im Ganzen heller wird; wenn die Anzahl der denkenden, forschenden, lichtbegierigen Leute überhaupt und besonders in der Classe von Menschen, die bei der Nichtaufklärung am meisten zu gewinnen hat, immer größer, die Masse der Vorurtheile und Wahnbegriffe zusehends immer kleiner wird; wenn die Scham vor Unwissenheit und Unvernunft, die Begierde nach nützlichen und edeln Kenntnissen, und besonders, wenn der Respect vor der menschlichen Natur und ihren Rechten unter allen Ständen unvermerkt zunimmt, und (was ganz gewiß eines der unzweideutigsten Kennzeichen ist) wenn alle Messen einige Frachtwagen voll Brochuren gegen die Aufklärung in Leipzig ein- und ausgeführt werden. Denn die figürlichen Nachtvögel sind in diesem Punkte gerade das Widerspiel der eigentlichen: diese werden erst bei Nacht laut; jene hingegen schreien am grellsten, wenn ihnen die Sonne in die Augen sticht.
Sagt, hab' ich Recht? Was dünkt euch von der Sache, Herr Nachbar mit dem langen Ohr?

Christoph Martin Wieland.

Was ist Wahrheit?

Diese Frage ist dadurch, daß sie schon so mannigmal durch den Mund eines Pilatus ging, nichts desto schlechter geworden. Wessen Augen blinzen nicht, wenn er mit dieser Frage überrascht wird? Schon tausend und zehntausendmal entschieden, wird sie immer wieder als ein Rätsel aufgeworfen werden und in zehntausendmal tausend Fällen ein unauflösbares bleiben.

Aber, so gewiß dieß auch ist, wehe denen, die eine boshafte Freude daran finden, der Schwäche unsers Gesichtes dadurch zu helfen, daß sie uns vollends blind machen! Das Wahrste von Allem, was jemals wahr genannt wurde, ist: daß mitten unter allem Trug von Erscheinungen, Gespenstern und Traumgebilden, wovon wir umgeben sind, jeder Sterbliche gerade so viel Wahrheit auffassen kann, als er zu seiner eignen Nothdurft braucht.

Die Wahrheit ist, wie alles Gute, etwas Verhältnißmäßiges. Es kann Vieles für die menschliche Gattung wahr seyn, was es für höhere oder niedrigere Wesen nicht ist, und eben so kann etwas von dem einen Menschen mit innigster Ueberzeugung als wahr empfunden und erkannt werden, was ein anderer mit gleich starker Ueberzeugung für Irrtum und Blendwerk hält.

Die Übereinstimmung eines Gefühls oder einer Vorstellung mit den allgemein anerkannten Grundwahrheiten der Vernunft ist eben so wenig als der Zusammenhang einer Vorstellung mit allen übrigen, welche die gegenwärtige innere Verfassung eines Menschen ausmachen, ein sicheres Merkmal der Wahrheit. Jene läßt uns weiter nichts als die Möglichkeit der Sache erkennen, und dieser kann eben sowohl bei der wahresten Vorstellung fehlen, als bei der täuschendsten zugegen sein. Geschieht nicht öfters, was Jedermann für unmöglich hielt? Und wie oft betrügt die höchste Wahrscheinlichkeit? Erweitert sich nicht der Kreis der Möglichkeiten mit unserer Kenntniß der Natur und mit dem Anwachs unserer Erfahrungen? Daher zum Theil, daß Leichtgläubigkeit eine charakteristische Eigenschaft des hohen Alters ist, und, was seltsam scheinen mag, neben dem Unglauben besteht, der es nicht weniger ist. Kinder sind leichtgläubig aus Unwissenheit dessen, was möglich oder unmöglich ist; Alte sind es, weil sie so oft unglaubliche Dinge sich haben zutragen sehen, daß ihnen nichts mehr unglaublich scheint. Jene glauben Alles, weil sie das Mißtrauen noch nicht kennen; bei diesen ist Mißtrauen eine der bittern Früchte des Lebens und macht sie eben so geneigt, an Allem zu zweifeln, als die Erfahrenheit auf der andern Seite, Alles für möglich zu halten.

Die subtilste und kaltblütigste Vernunft hat von jeher die subtilsten Zweifler hervorgebracht. Karneades, Pyrrho, Sextus, le Vayer, Bayle, Hume waren Männer von großer Vernunft – und ich frage einen Jeden, der sich nicht erst seit ehegestern in der Welt umgesehen hat, was ist es, als gerade die kaltblütige, spitzfindige, immer zurückhaltende, immer argwöhnische, immer voraussehende, immer raisonnierende Vernunft, was von jeher am geschäftigsten gewesen ist, Glauben und Liebe, die einzigen Stützen unseres armen Erdenlebens, zu untergraben und umzustürzen? – Wer wollte darum verkennen, wie viel der Mensch diesem Strahle der Gottheit, dem wir den so sehr gemißbrauchten Namen Vernunft geben, schuldig ist? Allerdings kann sie nichts dafür, daß Sophisten und Witzlinge von je her ihren natürlichen Gebrauch in den unnatürlichen verwandelt haben; aber, da der Mensch nun einmal diesen unglücklichen Hang hat, wehe ihm, wenn seine Vernunft die einzige Führerin seines Lebens ist!

Man hat sich schon so lange über die Leute aufgehalten, die ein unerklärbares inneres Licht zum Leitstern ihres Glaubens und Lebens machen; man hat sie in Schimpf und Ernste bestritten, zu Boden gespottet und zu Boden raisonnirt: und dennoch haben unläugbar alle Menschen etwas, das die Stelle eines solchen innern Lichts vertritt, und das ist – das innige Bewußtseyn dessen, was wir fühlen. Unter allen Kennzeichen der Wahrheit ist dieß unläugbar das sicherste; vorausgesetzt, daß ein Mensch überhaupt gesund und des Unterschieds seiner Empfindungen und Einbildungen sich bewußt ist. Beweiset einem Menschen, seine Vernunft sey eine Zauberrin, die ihn alle Augenblicke täusche und irre führe – das wird ihn noch nicht verwirren; beweiset ihm, daß er seinen Sinnen, seinem innern Gefühle nicht trauen dürfe – das verwirrt ihn! Und wenn es möglich wäre, daß euer Beweis seine volle Wirkung auf diesen Menschen thäte, so bliebe nichts übrig, als ihn stehenden Fußes ins Tollhaus zu führen.

Zum Glück ist der Glaube an sein eignes Gefühl gerade das, was sich der Mensch am schwersten und seltensten nehmen läßt, ja, was sich schwerlich irgend ein Mensch, wie schwach er immer sey, in irgend einem Falle nehmen läßt, wo er sich innigst bewußt ist, daß er gefühlt hat. Das Einzige, wodurch er dahin gebracht werden könnte, an der Wahrheit seines eignen Gefühls oder, was eben dasselbe ist, an sich selbst und seinem eignen Daseyn zu zweifeln, wäre der Fall, in welchen (in einer der arabischen Erzählungen, die Herr Galland lle Dormeur éveillé betitelt) der Kalife Harun Alraschid den armen Kaufmann Abu-Hassan durch einen Betrug, den dieser unmöglich entdecken konnte, versetzte; der aber auch, unvermeidlicher Weise, die Folge hatte, daß Abu-Hassan darüber in Raserei verfiel und nicht anders als durch Entdeckung des Betrugs wieder hergestellt werden konnte.

Aber, sagt man, wie häufig sind die Fälle, wo ein Mensch durch seine Sinne oder durch sein inneres Gefühl betrogen wird? wo er, ohne darum ganz wahnsinnig zu seyn, für Empfindung hält, was bloße Einbildung ist? wo er einen Gegenstand in dem verfälschten Lichte der Leidenschaft oder des Vorurtheils sieht? u. s. w.

Unstreitig sind diese Fälle häufig. Und eben so häufig geschieht es, daß von Zweien, die einander durch ihr Gefühl widerlegen, Beide betrogen werden; daß, während der Eine Jupiter ist und die sündige Welt mit Feuer zu zerstören droht – der Andere uns dagegen seines gnädigen Schutzes versichert, weil er Neptunus ist, der durch seine Gewässer den Brand gar leicht wieder löschen kann. – Aber alle diese Fälle vermögen gleichwohl nichts gegen die Grundveste des allgemeinen Menschensinnes; und der Glaube, den ein Jeder an sein eignes Gefühl hat, bleibt nichts desto minder in seiner vollen Kraft. Ich kann von der Natur, von unsichtbaren Mächten, kurz, von Ursachen, die ich nicht kenne, getäuscht werden; aber, solange ich mir bewußt bin, daß ich etwas gefühlt, beschaut, betastet habe – so glaube ich meinem Gefühl mehr als einer ganzen Welt, die dagegen zeugte, und als allen Philosophen, die mir a priori beweisen wollten, ich träume oder rase.

Freilich ist es verdächtig, wenn ein Mensch in Sachen des Gefühls eine ganze Welt oder, was nicht viel besser ist, die vernünftigsten Leute in der Welt wider sich hat, oder wenn er in sehr zusammen gesetzten und verwickelten Dingen, in Sachen, die von scharfer Zergliederung und von richtiger Zusammenstellung und Verknüpfung einer Menge von Begriffen abhangen, welche selbst wieder Resultate von einer Menge anderer sind, – es ist, sage ich, verdächtig, wenn Jemand in Sachen dieser Art dem Wege der scharfen Untersuchung ausweicht und immer nur auf sein Gefühl oder unser Gefühl provocirt. Aber was wollen wir mit ihm anfangen, wenn er uns nicht zur Untersuchung stehen will? Und wenn wir ihn auch dazu nöthigen könnten, wer soll zwischen seiner Empfindung und der unsrigen oder zwischen unserer Vernunft und seinem Gefühl oder Glauben Richter seyn? Wo ist der Areopagus[5]., wo sind die Amphiktyonen[6]., deren Ausspruch man in solchen Fällen sich unterwerfen könnte, wollte, müßte?

In metaphysischen und ästhetischen Dingen,. das ist, in Sachen, wo das Meiste auf Einbildung und Sinnesart ankommt, wäre das Billigste, einen Jeden im Besitz und Genuß dessen, was er für Wahrheit hält, ruhig und ungekränkt zu lassen, solange er Andere in Ruhe läßt. Wer hat ein Recht in seines Nachbars Verzäunung einzudringen und den Frieden seiner Hausgötter zu stören? Mag doch seine Melusine einen Fischschwanz unter ihrem Rocke tragen; was geht das Andere an? Aber freilich, sobald der Mann ins Kreuz und in die Quere auf allen Landstraßen herum reitet und Alle, die da ruhig ihres Weges gehen, anhalten und mit eingelegter Lanze zwingen will, zu bekennen, daß seine Prinzessin schöner ist als die ihrige, oder wohl gar, daß sie allein schön, und jedes andere Gesicht ein Meerkatzengesicht ist, – das ist etwas sehr Unangenehmes für Leute, die keine Lust haben, sich zu balgen: und wiewohl die irrenden Ritter, die solche Thaten thun, in den Augen kluger Leute ihre Entschuldigung unter dem Hute tragen; so mögen sie sich's doch selbst zuschreiben, wenn sie dann und wann unter Mauleseltreiber und Preller fallen, die nicht so säuberlich mit ihnen verfahren.

Die Wahrheit (wenn wir noch einen Augenblick mit dem Gleichniß spielen dürfen) flieht vor der keichenden Verfolgung ihrer feurigsten Liebhaber, um in die Arme dessen zu laufen, der sie weder erwartete, noch suchte. Der einfältigste Menschensinn findet sie am ersten und genießt ihrer, wie der Luft, die er athmet, ohne daran zu denken. Der Grübler, der sie überall sucht, findet sie nirgends, just darum, weil er sich nicht einbilden kann, daß sie ihm so nahe sey. Und sobald ihrer Zwei sich über ihren ausschließenden Besitz in die Haare gerathen, so darf man sicher rechnen, daß sie es ihnen macht, wie Angelika den

---

[5] *Areopagus* – Der oberste Gerichtshof in Athen
[6] *Amphiktyonen* – Die Repräsentanten der griechischen Bundesstaaten bei der Nationalversammlung, die jährlich zweimal zu Delphi gehalten wurde

beiden Rittern im Ariost: während die tapfern Männer sich bei den Köpfen haben, geht die Dame davon und lacht über beide.

Ist dieß Bild zu komisch? – Nun, so ist hier ein anderes, das eben so gut zur Sache paßt. Die Wahrheit ist weder hier, noch da, – sie ist, wie die Gottheit und das Licht, worin sie wohnt, allenthalben: ihr Tempel ist die Natur, und wer nur fühlen und seine Gefühle zu Gedanken erhöhen und seine Gedanken in ein Ganzes zusammen fassen und ertönen lassen kann, ist ihr Priester, ihr Zeuge, ihr Organ. Keinem offenbart sie sich ganz; Jeder sieht sie nur stückweise, nur von hinten oder nur den Saum ihres Gewandes – aus einem andern Punkt, in einem andern Lichte; Jeder vernimmt nur einige Laute ihres Göttermundes, Keiner die nämlichen –

Und was haben wir also zu thun?

Anstatt mit einander zu hadern, wo die Wahrheit sey? wer sie besitze? wer sie in ihrem schönsten Lichte gesehen? die meisten und deutlichsten Laute von ihr vernommen habe? – lasset uns in Frieden zusammen gehen oder, wenn wir des Gehens genug haben, unter den nächsten Baum uns hinsetzen und einander offenherzig und unbefangen erzählen, was jeder von ihr gesehen und gehört hat oder gesehen zu haben glaubt, und ja nicht böse darüber werden, wenn sich's von ungefähr entdeckt, daß wir falsch gesehen oder gehört oder gar (wie es brünstigen Liebhabern, die ihr zu nahe kommen wollen, öfters begegnet) eine Wolke für die Göttin umarmt haben.

Vor Allem aber, liebe Brüder, hüten wir uns vor der Thorheit, unsere Meinungen für Axiome und unumstößliche Wahrheiten anzusehen und Andern als solche vorzutragen. Es ist ein widerlicher, harter Ton um den Ton der Unfehlbarkeit; aber es gibt einen, der noch unausstehlicher ist – der Ton eines Energumenen[7]., der, auf dem heiligen Dreifuße sitzend, alle seine Reden als Göttersprüche von sich gibt. – Bescheidenheit würde uns vor dem Einen und vor dem Andern sicher stellen.

Wenn ein Mann auch so alt wäre, wie Nestor, und so weise, wie siebenmal sieben Weise zusammen genommen, so müßt' er doch – eben darum, weil er so alt und so weise wäre – einsehen gelernt haben: daß man immer weniger von den Dingen begreift, je mehr man davon weiß, daß gegen eine lichte Stelle, die wir in der unermeßlichen Nacht

---

[7] *Energumenen* – Besessene

der Natur erblicken, zehntausend in Dämmerung und zehnmal zehntausend im Dunkeln vor uns liegen, und daß, wenn wir uns auch von diesem Erdklümpchen, das uns ein ungeheures Weltall scheint, bis zur Sonne aufschwingen und in ihrem Lichte dieß ganze Planetensystem mit allem seinem Inhalt und Zubehör so deutlich übersehen könnten, wie Jemand von der Spitze einer Terrasse seinen Garten übersieht, dieß nämliche Planetensystem nun abermal nichts mehr für uns wäre als – eine lichte Stelle in der unermeßlichen Nacht der Natur.

Und wenn dann der weise Mann in einer so langen Lehrzeit auch noch gelernt hätte, daß eben diese Unermeßlichkeit und Unbegreiflichkeit, die für uns Erdebewohner eine Eigenschaft der ganzen Natur ist, sich auch in jedem einzelnen Stäubchen befindet; daß in jedem einzelnen Punkte der Natur Strahlen aus allen übrigen zusammenlaufen, und wie unbegreiflich alle diese Strahlen, Beziehungen, Aus- und Einflüsse aller Dinge auf jedes und jeden Dinges auf alle einander durchschneiden und durchkreuzen; wie unmöglich es also ist, nur eine einzige Erscheinung, eine einzige Bewegung oder Wirkung eines einzigen Theilchens der Natur recht zu erkennen, ohne zugleich die ganze Natur eben so zu durchschauen, wie der, in dem sie lebt und webt und ist: beim Himmel! ich denke, das müßte den weisen Mann bescheiden gemacht haben, und es sollte mich nicht wundern, wenn er alle seine Urtheile und Meinungen in einem Tone vorbrächte, den ein Mann wie Elihu[8], der Sohn Barachiel von Bus, des Geschlechts Ram, mit allem Unwillen eines ehrlichen überzeugten Dogmatikers für baren Skepticismus halten müßte.

Ein Anderes ist, wenn ein Esel, dem der Herr den Mund aufthut, mit Zuversichtlichkeit spricht: Dafür ist aller Respect zu tragen; denn es ist nicht der Esel, sondern ein Gott (dem es gleich viel gelten kann, durch welches Organ er sich hörbar macht), der durch den Esel spricht.

---

[8] So heißt der junge Mann im Buche Hiob, der, nachdem er dessen ältern Freunden lange stillschweigend zugehört hatte, und es nicht mehr länger ausstehen konnte, sie so mächtig deraisonniren und zuletzt doch vor Hiob verstummen zu sehen, endlich im Unmuth seiner Seele ausbricht, sich der guten Sache Gottes anzunehmen, und im Eingang seiner Rede sagt: Ich bin der Rede so voll, daß mich der Odem in meinem Bauch ängstet; siehe, mein Bauch ist wie der Most, der zugestopft ist, der die neuen Fässer zerreißt – u.s.w.W.

Einem Menschen aber – es sey denn, er könne uns beweisen, daß er sich im Falle des besagten Esels befinde – ziemt es, ungeachtet des aufgerichteten Angesichts und des Blicks gen Himmel, der ihm gegeben ist, von Zeit zu Zeit auf seine Füße zu sehen und – bescheiden zu seyn.

Titelliste Taschenbuch-Literatur-Klassiker

Bd. 1 *Abenteuer und Fahrten des Huckleberry Finn*, Mark Twain, Bd. 2 *Andersens Märchen*, Hans Christian Andersen, Bd. 3 *Anton Reiser*, Karl Philipp Moritz, Bd. 4 *Aus dem Leben eines Taugenichts*, Joseph Freiherr v. Eichendorff, Bd. 5 *Bahnwärter Thiel*, Gerhard Hauptmann, Bd. 6 *Bambi Eine Lebensgeschichte aus dem Walde*, Felix Salten, Bd. 7 *Bauern, Bonzen und Bomben*, Hans Fallada, Bd. 8 *Bel Ami*, Guy de Maupassant, Bd. 9 *Bergkristall*, Adalbert Stifter, Bd. 10 *Candide oder der Optimismus*, Voltaire, Bd. 11 *Caspar Hauser oder Die Trägheit des Herzens*, Jakob Wassermann, Bd. 12 *Dantons Tod*, Georg Büchner, Bd. 13 *Das Bildnis des Dorian Grey*, Oscar Wilde, Bd. 14 *Das Dschungelbuch*, Rudyard Kipling, Bd. 15 *Das Fräulein von Scuderi*, ETA Hoffmann, Bd. 16 *Das Gemeindekind*, Marie v. Ebner-Eschenbach, Bd. 17 *Das Heptameron*, *Margarete v. Navarra*, Bd. 18 *Märchenbriefbuch der heiligen Nächte*, Max Dauphtendey, Bd. 19 *Das Marmorbild*, Joseph v. Eichendorff, Bd. 20 *Das Schloss*, Franz Kafka, Bd. 21 *Das Urteil*, Franz Kafka, Bd. 22 *David Copperfield*, Charles Dickens, Bd. 23 *Der abenteuerliche Simplizissimus*, Grimmelshausen, Bd. 24 *Der arme Spielmann*, Franz Grillparzer, Bd. 25 *Der eingebildete Kranke*, Moliere, Bd. 26 *Der ewige Spießer*, Ödön v. Horváth, Bd. 27 *Der Fürst*, Nocolò Machiavelli, Bd. 28 *Der Glöckner von Notre Dame*, Victor Hugo, Bd. 29 *Der goldene Esel*, Apuleius, Bd. 30 *Der goldene Topf*, ETA Hoffmann, Bd. 31 *Der Graf von Monte Christo*, Alexandre Dumas, Bd. 32 *Der grüne Heinrich*, Gottfried Keller, Bd. 33 *Der kleine Häwelmann und andere Märchen*, Theodor Storm, Bd. 34 *Der kleine Lord*, Frances Hodgson Burnett, Bd. 35 *Der letzte Mohikaner*, James Fenimore Cooper, Bd. 36 *Der Prozess*, Franz Kafka, Bd. 37 *Der Sandmann*, ETA Hoffmann, Bd. 38 *Der Schimmelreiter*, Theodor Storm, Bd. 39 *Der Schuss von der Kanzel*, Conrad Ferdinand Meyer, Bd. 40 *Der Seewolf*, Jack London, Bd. 41 *Der seltsame Fall des Dr. Jekyll und Mr. Hyde*, Robert Louis Stevenson, Bd. 42 *Der Stechlin*, Theodor Fontane, Bd. 43 *Der Sturmheidhof (Sturmhöhe)*, Emily Brontë, Bd. 44 *Der Tor und der Tod*, Hugo v. Hofmannsthal, Bd. 45 *Der Weg ins Freie*, Arthur Schnitzler, Bd. 46 *Der zerbrochene Krug*, Heinrich v. Kleist, Bd. 47 *Deutsches Märchenbuch*, Ludwig Bechstein, Bd. 48 *Deutschland. Ein Wintermärchen*, Heinrich Heine, Bd. 49 *Die Abenteuer der sieben Schwaben*, Ludwig Aurbacher, Bd. 50 *Die Burg von Otranto*, Horace Walpole, Bd. 51 *Die drei Musketiere*, Alexandre Dumas, Bd. 52 *Die Elixiere des Teufels*, ETA Hoffmann, Bd. 53 *Die Geschichte meines Lebens*, Georg Ebers, Bd. 54 *Die Insel Felsenburg*, Johann Gottfried Schnabel, Bd. 55 *Die Judenbuche*, Annette v. Droste-Hülshoff, Bd 56. *Die Kameliendame*, Alexandre Dumas, Bd. 57 *Die Kartause von Parma*, Stendhal, Bd. 58 *Die Kreutzersonate*, Lew Tolstoi, Bd. 59 *Die Leiden des jungen Werther*, Johann Wolfgang v. Goethe, Bd. 60 *Die Leute von Seldvyla I*, Gottfried Keller, Bd. 61 *Die Leute von Seldvyla II*, Gottfried Keller, Bd. 62 *Die Marquise*, George Sand, Bd. 63 *Die Marquise von O.*, Heinrich v. Kleist, Bd. 64 *Die Memoiren der Fanny Hill*, John Cleland, Bd. 65 *Die Ratten*, Gerhard Hauptmann, Bd. 66 *Die Räuber*, Friedrich v. Schiller, Bd. 67 *Die Regentrude*, Theodor Storm, Bd. 68 *Die Reisen des Baron zu Münchhausen*, Bd. 69 *Die Schatzinsel*, Robert Louis Stevenson, Bd. 70 *Die Verlobten*, Allessandro Manzoni, Bd. 71 *Die Verwandlung*, Franz Kafka, Bd. 72 *Die Verwirrungen des Zöglings Törleß*, Robert Musil, Bd. 73 *Die Waffen nieder*, Berta von Suttner, Bd. 74 *Die Wahlverwandtschaften*, Johann Wolfgang v. Goethe, Bd. 75 *Don Carlos*, Friedrich v. Schiller, Bd. 76 *Eduards Traum*, Wilhelm Busch, Bd. 77 *Effi Briest*, Theodor Fontane, Bd. 78 *Egmont*, Johann Wolfgang v. Goethe, Bd. 79 *Ein Held unserer Zeit*, Michail Lermontoff, Bd. 80 *Einsichten und Ausblicke*, Gerhard Hauptmann, Bd. 81 *Emilia Galotti*, Gottold Ephraim Lessing, Bd. 82 *Erinnerungen aus galanter Zeit*, Giacomo Casanova, Bd. 83 *Erzählungen*, Wilhelm Busch, Bd. 84 *Es waren zwei Königskinder*, Theodor Storm, Bd. 85 *Essays*, Michel de Montaigne, Bd. 86 *Franz Sternbalds Wanderungen*, Ludwig Tieck, Bd. 87 *Fräulein Else*, Arthur Schnitzler, Bd. 88 *Frühlings Erwachen*, Frank Wedekind, Bd. 89 *Gedanken*, Blaise Pascal,

Bd. 90 *Gefährliche Liebschaften*, Pierre-Ambroise-François Choderlos de Laclos, Bd. 91 *Gegen den Strich*, Joris-Karl Huysmany, Bd. 92 *Geschichte des Fräuleins von Sternheim*, Sophie v. La Roche, Bd. 93 *Geschichte vom braven Kasperl und dem Annerl*, Clemens Brentano, Bd. 94 *Geschichten aus dem Wienerwald*, Ödön v. Horváth, Bd. 95 *Glanz und Elend der Kurtisanen*, Honore de Balzac, Bd. 96 *Glück und Unglück der berühmten Moll Flanders*, Daniel Defoe, Bd. 97 *Götz von Berlichingen*, Johann Wolfgang v. Goethe, Bd. 98 *Gullivers Reisen*, Jonathan Swift, Bd. 99 *Heidis Lehr und Wanderjahre*, Johann Spyri, Bd. 100 *Heinrich von Ofterdingen*, Novalis, Bd. 101 *Hiob Roman eines einfachen Mannes*, Joseph Roth, Bd. *102 Immensee*, Theodor Storm, Bd. 103 *Iphigenie auf Tauris*, Johann Wolfgang v. Goethe, Bd. 104 *Italienische Märchen*, Clemens Brentano, Bd. 105 *Ivannhoe*, Walter Scott, Bd. 106 Jahrmarkt der Eitelkeiten, William Makepaece Thackeray, Bd. 107 *Jane Eyre*, Charlotte Brontë, Bd. 108 *Jugend ohne Gott*, Ödön v. Horvath, Bd. 109 *Jürg Jenatsch*, Conrad Ferdinand Meyer, Bd. 110 *Kabale und Liebe*, Friedrich v. Schiller, Bd. 111 *Kasimir und Karoline*, Ödön v. Horvath, Bd. 112 *Kinder- und Hausmärchen*, Gebrüder Grimm, Bd. 113 *Kleiner Mann, was nun*, Hans Fallada, Bd. 114 *König Alkohol*, Jack London, Bd. 115 *Krambambuli*, Marie Ebner-Eschenbach, Bd. 116 *Lausbubengeschichten*, Ludwig Thoma, Bd. 117 *Lavinia - Pauline - Kora*, George Sand, Bd. 118 *Leben und Lüge*, Detlev von Liliencron, Bd. 119 *Lebensansichten des Katers Murr*, ETA Hoffmann, Bd. 120 *Lenz. Der hessische Landbote*, Georg Büchner, Bd. 121 *Lieutenant Gustl*, Arthur Schnitzler, Bd. 122 *Lord Jim*, Joseph Conrad, Bd. 123 *Luise*, Johann Heinrich Voß, Bd. 124 *Madame Bovary*, Gustave Flaubert, Bd. 125 *Märchen*, Wilhelm Hauff, Bd. 126 *Maria Stuart*, Friedrich v. Schiller, Bd. 127 *Max Havelaar*, Multatuli, Bd. 128 *Meister Floh*, ETA Hoffmann, Bd. 129 *Michael Kohlhaas*, Heinrich v. Kleist, Bd. 130 *Minna von Barnhelm*, Gotthold Ephraim Lessing, Bd. 131 *Moby Dick*, Hermann Melville, Bd. 132 *Nathan, der Weise*, Gotthold Ephraim Lessing, Bd. 133-1 und 133-2 *Nils Holgersson wunderbare Reise*, Selma Lagerlöf, Bd. 134 *Niels Lyne*, Jens Peter Jacobsen, Bd. 135 *Nußknacker und Mausekönig*, ETA Hoffmann, Bd. 136 *Oliver Twist*, Charles Dickens, Bd. 137 *Onkel Toms Hütte*, Herriett Beecher Stowe, Bd. 138 *Peter Schlemihls wundersame Geschichte*, Adalbert v. Chamisso, Bd. 139 *Peterchens Mondfahrt*, Gerdt v. Bassewitz, Bd. 140 *Pinocchio*, Carlo Collodi, Bd. 141 *Reinecke Fuchs*, Johann Wolfgang v. Goethe, Bd. 142 *Rheinmärchen*, Clemens Brentano, Bd. 143 *Rinaldo Rinaldini*, Christian August Vulpius, Bd. 144 *Robinson Crusoe*, Daniel Defoe, Bd. 145 *Romeo und Julia*, William Shakespeare Bd. 146 *Schach von Wuthenow*, Theodor Fontane, Bd. 147 *Schachnovelle*, Stefan Zweig, Bd. 148 *Schatzkästlein des rheinischen Hausfreundes*, Johann Peter Hebel, Bd. 149 *Schelmuffskys Reisebeschreibung*, Christian Reuter, Bd. 150 *Schloss Gripsholm*, Kurt Tucholsky, Bd. 151 *Siebenkäs*, Jean Paul, Bd. 152 *Sternstunden der Menschheit*, Stefan Zweig, Bd. 153 Tao te king, Laotse, Bd. 154 *Till Eulenspiegel*, Hermann Bote, Bd. 155 *Tolldreiste Geschichten*, Honorè de Balzac, Bd. 156 *Tom Jones, Geschichte eines Findelkindes*, Henry Fielding, Bd. 157 *Tom Sawyers Abenteuer und Streiche*, Mark Twain, Bd. 158 *Troquato Tasso*, Johann Wolfgang v. Goethe, Bd. 159 *Traumnovelle*, Arthur Schnitzler, Bd. 160 *Trost der Philosophie*, Boethius, Bd. 161 *Über den Umgang mit Menschen*, Adolph Freiherr v. Knigge, Bd. 162 *Uli der Knecht*, Jeremias Gotthelf, Bd. 163 *Uli der Pächter*, Jeremias Gotthelf, Bd. 164 *Ungeduld des Herzens*, Stefan Zweig, Bd. 165 *Ut oler Welt*, Wilhelm Busch, Bd. 166 *Vater Goriot*, Honorè de Balzac, Bd. *167 Väter und Söhne*, Ivan Sergejeviç Turgenev, Bd. 168 *Verlorene Illusionen*, Honorè de Balzac, Bd. 169 *Von der Freiheit eines Christenmenschen*, Martin Luther – Bd. 170 *Von der Ursache, dem Prinzip und dem Einen*, Bruno Giordano, Bd. 171 *Vor Sonnenuntergang*, Gerhard Hauptmann, Bd. 172 *Walden oder Leben in den Wäldern*, Henry D. Thoreau, Bd. 173 *Wilhelm Meisters Lehrjahre*, Johann Wolfgang v. Goethe, Bd. 174 *Wilhelm Meisters Wanderjahre*, Johann Wolfgang v. Goethe, Bd. 175 *Wilhelm Tell*, Friedrich v. Schiller

Von demselben Autor/Herausgeber sind bei BOD bereits erschienen:

Alle Tage Feiertage
ISBN 978-3-7386-0409-2, 280 S.
Allerlei Anlässe zum Aktionieren, Feiern und Gedenken

100 Kinderlieder
ISBN 978-3-7322-3024-2, 112 S.
100 Kinderlieder, altbekannt und immer wieder gern gesungen

Liederbuch (Deutsche Volkslieder)
ISBN 978-3-8423-6702-9, 312 S.
300 Volkslieder aus 8 Jahrhunderten und aller Herren Länder

Sagen und Erzählungen aus Marburg und Oberhessen
ISBN 978-3-7347-8909-0 , 164 S.
Allerlei Schwänke und Geschichten aus dem Marburger Land

Tausenderlei über die Freiheit
ISBN 978-3-7322-9721-4, 140 S.
Mehr als 1000 Zitate, Bonmots und Aphorismen über die Freiheit

Tausenderlei über das Glück
ISBN 978-3-7322-5525-2, 160 S.
Mehr als 1000 Zitate, Bonmots und Aphorismen über das Glück

Tausenderlei über die Liebe
ISBN 978-3-8423-7474-4, 140 S.
Mehr als 1000 Zitate, Bonmots und Aphorismen zum Thema Nr. Eins

Weihnachtsgedichte– Verse, Reime und Gedichte zum Fest
ISBN 978-3-7347-6393-9, 352 S.
290 Werke bekannter und unbekannter Dichter zum Weihnachtsfest

Weihnachtsgeschichten - Erzählungen und Märchen
ISBN 978-3-7347-6404-2, 392 S.
85 kurze und lange Texte zur Weihnachtszeit

Weihnachtsgeschichten 2
ISBN 978-3-7481-7533-9, 360 S.
35 kürzere und längere Geschichten zur Weihnacht

100 Weihnachtslieder
ISBN 978-3-7322-3375-5, 112 S.
100 Weihnachtslieder aus der Heimat und der ganzen Welt

Lob und Tadel an tessitore@web.de